Piero Buscemi

La casa del diavolo

romanzo

ZeroBook
2025

Titolo originario: *La casa del diavolo* / di Piero Buscemi

Questo libro è stato edito da **ZeroBook**: www.zerobook.it.

Prima edizione: dicembre 2025

ISBN 978-88-6711-247-0

Controllo qualità **ZeroBook**: se trovi un errore, segnalacelo!

Email: zerobook@girodivite.it

La casa del diavolo

1

Pippo lo teneva fermo come se temesse gli sfuggisse di mano. Con l'altra lo colpiva al volto. A casaccio, senza un ordine particolare. Ogni tanto voltavo lo sguardo allontanandolo dallo schermo della televisione esposta dentro il negozio di elettrodomestici di don Santino e controllavo se non stesse esagerando sporcando eccessivamente il marciapiede. Il ragazzo sotto si chiamava Carmelo, ma era conosciuto in giro con la *'ingiuria* ereditata dalla famiglia. Il nome poi era troppo utilizzato in paese ed era davvero difficile capire subito di chi si stesse parlando. Carmelo *u moggiu* era subito identificabile, anche se come in ogni famiglia siciliana il nome tramandato dai nonni finiva per contaminare più di un parente. L'ingiuria però riusciva a restringere sufficientemente l'area di appartenenza per farsi almeno un'idea più precisa. Intanto Pietro dallo schermo televisivo sembrava guardasse la telecamera, quasi a volermi lanciare un messaggio che quel giorno avrebbe compiuto l'impresa. Le immagini erano alquanto torbide, ma non riuscivo a capire se la colpa fosse di quella tv ancora in fase sperimentale per il colore o, se piuttosto, un'eccessiva emozione che per un momento mi fece credere di essere a bordo pista a riscaldarmi anch'io.

Pippo e Carmelo continuavano a fare troppa confusione per concentrarsi. Per la precisione era Pippo, poiché *u moggiu* mugugnava sotto i colpi che sembravano non dovessero finire mai. Lo avrei voluto fermare, ma da un lato non volevo perdermi neanche un momento della preparazione sempre meticolosa di Pietro prima di ogni partenza, dall'altro sapevo che Pippo aveva un conto in sospeso da qualche mese con Carmelo. La classica ruggine che non si ricordava mai nessuno, neanche i protagonisti, per quale motivo si fosse formata, ma che doveva determinare la supremazia all'interno di un quartiere. A volte rivendicata come una conquista sociale, ma tutto sommato limitata a quelle accozzaglie da cortile tra sbarbati adolescenti ai quali piaceva mostrarsi al resto del gruppo dei ragazzi, che frequentavano le stesse strade, come capi non si sa bene di cosa. La movenza a memoria di Pietro mi attirava più di qualsiasi altra cosa. Quel rito ripetuto centinaia di volte che appariva come un necessario riscaldamento dei muscoli, ma che negli occhi potevi leggergli lo scarico di una tensione che si sarebbe bruciata in pochi secondi qualche minuto dopo. Era tutto pronto. I partecipanti evitavano di guardarsi anche se era fin troppo evidente che con la coda dell'occhio provavano a rubare gli ultimi segreti di una concentrazione che appariva come la chiave del successo finale e del risultato atteso da mesi. Cominciai ad incrociare lo sguardo del campione, fissando quel rettangolo illuminato. Non mi sembrava di vedere molta gente sugli spalti, come se fosse una gara qualsiasi e non una finale.

Ricordo una voce ovattata del telecronista che commentava l'evento col giusto distacco di un cronista che deve trattenere le emozioni e non far trasparire l'orgoglio nazionale, come se questo fosse realmente possibile. Non so se i colpi di Pippo riuscirono per un momento a distrarmi dalla visuale del programma televisivo al quale stavo assistendo, ma ad un certo punto mi ritrovai con Pietro che viaggiava sulla curva iniziale predisponendosi per affrontare il rettilineo seguente. I miei occhi si concentrarono soltanto sulla sagoma del mio campione di sempre e lo seguirono fino alla linea dell'arrivo. M'illusi per un momento che Pietro si voltasse dalla mia parte per scambiarci un segno di intesa. Accettai l'allucinazione che rilasciava lentamente l'adrenalina che sentivo salirmi dalle gambe. Intanto lo sguardo incredulo del campione si voltava tra la pista a cercare conferme. Forse neanche quando lo schermo dello stadio si illuminò indicando il tempo finale, credette realmente a quello che aveva appena compiuto. Quelle lucine di un arancione sbiadito segnavano quattro cifre in sequenza che componevano quel 19"72 come se fosse un anno da ricordare. Record del mondo. Pietro aveva fatto il record del mondo dei 200 metri piani. Mentre il commentatore cominciava a tesserne le lodi, colorando la cronaca con quelle rivendicazioni del sud che si scrolla di dosso decenni di sudditanza culturale con l'impresa sportiva, cominciai a correre sul marciapiede come a volere ripercorrere la gara lasciando Pippo e Carmelo a spolverarsi i jeans, stanchi di inscenare la parte dei bulli.

Tornai a tutta velocità verso un traguardo immaginario. La mattina precedente Fabio mi aveva cronometrato un 11" netti sui 100 metri. Un ultimo sguardo verso il televisore ancora acceso. Mi voltai verso Pippo che mi veniva incontro comunicandomi che per un mese intero aveva conquistato il diritto di utilizzare la palestra, per lui e per i suoi amici nei quali rientravo anch'io, grazie al pestaggio di Carmelo. Prima devo scendere sotto gli 11 secondi. Risposi piegandomi sulle ginocchia, come a prepararmi ad un'altra gara.

La notizia di Pippo che aveva pestato *'u moggiu* aveva fatto il giro del paese. Molto meno quella del record del mondo di Pietro. Quel pomeriggio dovevamo ritrovarci al solito posto per festeggiare insieme l'impresa di Pippo. Il pozzo abbandonato era il nostro ritrovo. Ci avrebbero raggiunti Fabio e Francesco che non avevano assistito al pestaggio. Il nostro era un gruppo, nato qualche anno prima dopo che alcuni ragazzi di un quartiere vicino si erano permessi di vietarci di giocare a pallacanestro nella palestra all'aperto accanto alla scuola elementare. Avevamo scavalcato il cancello, sempre chiuso nel pomeriggio e dopo qualche minuto di riscaldamento, ci eravamo ritrovati circondati. Noi in quattro, loro almeno una decina. Ci avevano detto che la palestra era all'interno del loro quartiere e che noi lì non ci potevamo stare. Dovevamo chiederlo al sindaco di farci costruire un campo nel nostro quartiere e se non avesse accettato la proposta, erano fatti nostri e avremmo dovuto arrangiarci. In ogni caso, non potevamo usare la "loro" palestra. Nessuno di loro giocava a pallacanestro, né si era mai sognato di farlo. Questo non impediva di rivendicare l'utilizzo di uno spazio per il quale nessuno alla fine aveva l'autorizzazione. Fu il rimprovero che più volte una guardia comunale ci aveva rivolto a ogni occasione che ci aveva scoperto all'interno, chiedendoci ogni volta le generalità con lo scopo soltanto di intimorirci. Quei ragazzi non ebbero alcuna intenzione di inscenare la parte recitata nelle varie repliche concesse dal vigile. Per loro era solo una manifestazione di controllo del territorio, un segno di rispetto che avrebbero difeso anche con la forza. Quella volta eravamo troppo pochi per contrastare quel gruppetto di arroganti e oltrepassammo la cancellata facendo il percorso all'indietro. Tornati in strada Francesco manifestò immediatamente il disagio subìto. Non poteva finire così. Lo ripeté più volte mentre tornavano al nostro cortile. Anche durante l'incontro con quei ragazzi all'interno della palestra avrebbe voluto volentieri prendersi la questione e reagire alla provocazione. Solo lo sguardo di intesa di noi altri tre lo convinse a rinunciare e a rinviare lo scontro in un'altra occasione meno pericolosa. Fu al rientro nel nostro quartiere che casualmente ci ritrovammo accanto a quel pozzo abbandonato, chiuso da chissà quanto tempo, a prenderci l'impegno di difenderci reciprocamente da quelle angherie. Avremmo costituito un gruppo, Fabio puntualizzò una banda per rendere la cosa più reale ed adulta. Furono dettate delle semplici regole da rispettare. Non avremmo mai scavalcato i confini del nostro quartiere senza che ci fosse almeno un altro componente per evitare rischi inutili. In caso di aggressione, l'impegno era la difesa estenuante del compagno minacciato a qualsiasi condizione di pericolo. Se qualcuno avesse osato introdursi nel nostro quartiere, avremmo dovuto scacciarlo con ogni mezzo. Ci ritrovammo tutti d'accordo. Ci riproponemmo di trovare anche un nome da dare alla banda e un nome di battaglia ad ognuno di noi. Il pozzo era il simbolo di ogni futura adunanza. Eravamo ispirati dalle letture dei fumetti, quelli dei supereroi che cominciavano a girare nelle versioni italiane. L'esaltazione di una possibile emulazione dei singoli personaggi che, a nostro dire, si calzavano alla perfezione con la personalità di ognuno di noi, ci fece partorire l'idea di affibbiarci il nome del nostro eroe preferito. La scelta era ricaduta su quelli che ci sembrarono più assomiglianti anche alle nostre caratteristiche fisiche. E così nel nostro immaginario da adolescenti, diventammo Pantera Nera, Capitan America, Thor, Hulk, Uomo Ragno.

Un dettaglio che diventò presto ininfluente e che abbandonammo, sia perché spesso nessuno si ricordava con precisione quale pseudonimo avesse, sia perché tra noi era impossibile dialogare se non chiamandoci con il nome reale.

Il campo, intanto, lo avevamo pure costruito. Senza chiedere il permesso avevamo montato un canestro ricavato con un vecchio fustino di detersivo procurato da chissà chi. Una ringhiera arrugginita conduceva ad una sorta di spazio chiuso delimitato da un cancello che non si apriva mai. Si dovevano scendere dei gradini, un paio di rampe al massimo e ci si ritrovava in questo *sottocortile* piastrellato con delle mattonelle di cemento sagomate a quadretti che ci divertivamo a vedere illuminate dalla pioggia. Quando l'acqua piano piano riempiva le scannellature a scacchiera, prima che le gocce piovane diventassero troppo insistenti da coprire tutto in una improvvisata piscina, aspettavamo che la pioggia evaporasse con il sorgere di un nuovo sole. Il dislivello tra i due ambienti del cortile era di un paio di metri, sufficienti per creare la nostra palestra da basket personalizzata. Montammo il *fustinocanestro* dopo aver fatto passare un fil di ferro attraverso due fori. Lo fissammo alla ringhiera e cominciammo a giocare. Solo dopo qualche tempo ci accorgemmo di aver dimenticato di applicare un pannello che fungesse da tabellone.

Il pallone spesso colpiva i paralleli di ferro della ringhiera prendendo direzioni imprevedibili che rendevano le partite più emozionanti. Periodicamente sostituivamo il fustino che nel frattempo cedeva alle nostre evoluzioni, ma più spesso agli acquazzoni. La palestra di pallacanestro non era molto distante dal pozzo. Tutto il cortile poi non era molto spazioso, comprese le due parti poste sui due livelli. Erano una mescolanza architettonica quelle costruzioni poste a ferro di cavallo del quartiere. Si accedeva attraverso una stradina dal selciato in pietra che conservava il ciottolato originale del periodo in cui era stata realizzata. A sinistra della stradina, una serie di case di un nostalgico barocco era l'ala più estrema del quartiere. Subito dopo sempre a sinistra iniziava un viottolo che conduceva al pozzo. Tornando indietro a destra un'altra fila di case vecchie conducevano ad un cancello, anche questo di solito sempre chiuso al di là del quale si intravedeva un cortile curato con dell'erbetta che noi ragazzi sognavamo sempre fosse il campo di calcio privato di qualche riccone del paese. Ogni tanto dietro il cancello scorgevamo un cane nero che alzandosi sulle zampe anteriori scrutava i nostri giochi. Il ferro di cavallo del nostro quartiere si chiudeva con un palazzo privato a tre piani di nuova costruzione che stonava con le altre case in pietra.

Il palazzo poi aveva una vetrata opaca che nascondeva le scale che conducevano ai piani superiori. Per accedere agli appartamenti occorreva salire i gradini di una scalinata di marmo consunto e bucherellato dal tempo. Spesso ci sedevamo, noi ragazzi, su quei gradini a progettare fantasie con le quali far trascorrere il tempo delle nostre giornate.

Era il pozzo però il punto di ritrovo, anche quando non ce ne fosse un vero motivo. Anche quando non era prevista alcuna riunione del gruppo, il primo che si ritrovava nel cortile finiva per avvicinarsi al pozzo sapendo che prima o poi qualcuno sarebbe arrivato. Arrivai al luogo dell'appuntamento prima degli altri, come spesso capitava. Sfruttavo il vantaggio di abitare in una delle casette sul livello dello slargo e questo mi consentiva di uscire dalla porta di casa e di ritrovarmi ad attendere gli altri. Le attese le trascorrevo con qualche azione in terzo tempo e conseguente canestro, fantasticando a mente imprese sportive rubate dalle foto che sfogliavo e risfogliavo fino a sgualcirle dalle pagine di *Superbasket* sulle quali molti di noi sognavano di poterci finire, un giorno. Il primo a raggiungermi fu Fabio, il mio allenatore personale delle mie prove di velocità.

"Dobbiamo misurare i 100 metri sul lungomare, lo faremo col motorino" – mi disse col tono enfatizzato di chi sa che avrebbe catturato la mia curiosità.

"Devi scegliere il posto preciso, anche se io ti consiglio la parte finale del paese, meno frequentata in certi orari dalle auto" – puntualizzò quasi a volermi dimostrare il suo interesse verso la mia voglia di correre.

Per un attimo mi chiesi se la sua fosse una carineria o, ancora meno probabile, la condivisione della mia passione, pur se con il ruolo marginale del preparatore atletico. Mi convinsi che fosse una mera voglia di mostrarmi il suo motorino, tornato utile a soddisfare le mie esigenze. Bloccai qualsiasi altra congettura che la mia giovane mente potesse formulare.

"Credo che Pippo dovrebbe entrare nella banda in modo definitivo, non pensi?" – gli domandai.

"Non so se gli altri siano d'accordo e se lui accetterà la proposta, ma è utile che stia dalla nostra parte in ogni caso. Sembra nato per non farsi mettere sotto da nessuno. E poi, personalmente eviterei qualsiasi scontro con Pippo. Insomma, meglio averlo come amico" – furono le parole convincenti di Fabio.

Qualche attimo di silenzio, quasi a voler riflettere su quell'ultimo pensiero che fece la sua comparsa Francesco.

Con lui Giuseppe, l'amico di città che ci raggiungeva durante i fine settimana o per periodi più lunghi in estate. Stavano sempre insieme, Francesco e Giuseppe, più di tutto il resto del gruppo. Erano di estradizione familiare più agiata e questo consentiva loro di avere molti argomenti in comune sui quali discutere. Ogni tanto ci coinvolgevano nei loro discorsi sull'abbigliamento sportivo di marca i cui prezzi erano davvero lontani dalle possibilità degli altri componenti la banda, sicuramente di un livello economico più modesto. Questa particolarità aveva creato negli anni una sorta di selezione nel nostro piccolo gruppo. Non che ciò impedisse di relazionarci o vivere insieme le stesse esperienze che ci accomunavano a quel quartiere, ma sicuramente già da allora, nonostante un'età ancora immatura, c'era una predisposizione a legare con i compagni che potevano ambire le stesse, o quanto meno molto vicine, ambizioni e rassegnazioni. Giuseppe e Francesco si avvicinarono e ci accomodammo tutti in attesa di Carmelo. Era il quinto della banda, anche lui vittima inconsapevole del suo inflazionato nome, proprio come il ragazzo pestato da Pippo. Carmelo non aveva un nomignolo distintivo per essere individuato immediatamente rispetto a tutti gli altri ragazzi che portavano lo stesso nome, molto diffuso in paese. Fu forse anche per questo che, come segno di distinzione, lo chiamavamo Carmeluccio, un diminutivo con il quale gli si rivolgevano anche in famiglia. Era il più piccolo tra noi cinque ma dimostrava quella sana, folle creatività che ce lo faceva giudicare come il genio del gruppo, capace sempre di sorprenderci con le sue soluzioni quasi scientifiche ai vari problemi logistici che si presentavano anche per la più semplice organizzazione di un gioco, sia con i suoi discorsi che ci sembravano a volte eccessivamente maturi, ma che erano lo sprono giusto per sforzarsi sempre di più e riuscire a reggere il confronto con la sua personalità.

Finalmente al completo, ci spostammo verso il pozzo, simbolo incontrastato di una certa ufficialità e importanza di quell'incontro. All'inizio della riunione, presi la parola per riassumere la scazzottata della mattina e quello che rappresentava per noi la sconfitta di Carmelo *u moggiu* ad opera di Pippo.

"Non credo che quelli resteranno per troppo tempo senza provare a ristabilire il loro dominio sulla palestra. Non hanno mai rispettato i patti, non vedo perché dovrebbero iniziare adesso" – fu la mia provocazione per accendere il livello di guardia di quella che poteva sembrare una faccenda risolta, almeno per i prossimi trenta giorni.

"Credi che proveranno ad attaccarci mentre magari ci ritroviamo dentro la palestra, nonostante gli accordi?" – Francesco non tardò ad approfondire la discussione, lasciando intendere che la sua fosse più una risposta che una vera supposizione in attesa di conferma.

"Non mi sembrano i tipi che se ne stiano con le mani in mano in attesa che scadano i giorni del nostro utilizzo, come rispettosi delle regole. Magari lo faranno i primi giorni, poi qualcuno di loro non resisterà alla tentazione di provare ad anticipare la scadenza" – Giuseppe aveva sempre un tono cittadino per discutere questi problemi e la sua vita di città non esitava mai a farla pesare durante le discussioni.

Ci fu un attimo di silenzio, quasi a volersi prendere tutti il tempo giusto per immaginare ognuno con la propria fantasia i possibili risvolti che avrebbero potuto attenderci nei giorni successivi. Non c'era mai stata una propensione verso uno scontro duraturo e ripetuto frequentemente con quel gruppo "nemico", salvo qualche eccezione che periodicamente si manifestava in qualcuno di noi, a turno, più per esorcizzare una legittima paura che per una vera necessità di esternare una forma di violenza. Sapere che questa fosse una nostra caratteristica, sicuramente non la loro, ci inquietava e non poco. Il nostro unico obiettivo era quello di avere libero accesso alla palestra che ospitava il campo di basket. Era il nostro trastullo adolescenziale che rappresentava anche l'occasione per condividere dei momenti di svago grazie a quelle partite senza fine, iniziate sempre nel primo pomeriggio e concluse per obbligo reverenziale nei confronti del crepuscolo che oscurava le nostre sagome e un pallone sempre più invisibile e ingestibile dopo il tramonto del sole. Ci saremmo accontentati anche di coinvolgerli in queste nostre sfide sportive, ma nessuno tra loro aveva mai spiccato per particolari doti atletiche o per interesse verso quell'innocente agonismo al quale non sapevamo rinunciare. Di sicuro, io potevo sfruttare la mia passione per l'atletica che mi consentiva di spaziare in ambienti più esclusivi che, appunto, un lungomare potesse rappresentare. Ogni tanto mi riusciva trascinare anche gli altri in qualche specialità della corsa, ma quello che per loro era un diversivo sporadico, in me era quasi una mania che mi portava a trascorrere interi pomeriggi davanti alla televisione lasciata accesa nelle vetrine dei negozi per seguire le manifestazioni internazionali, tra olimpiadi, mondiali e tutte quelle competizioni che mi stregavano a tal punto da rinunciare alla compagnia di quegli amici. Ci rendemmo conto che quella sorta di vittoria, conquistata per meriti altrui, rischiava di crearci maggiori problemi di quanti ne potessimo essere in grado di gestire. Il coinvolgimento a tempo pieno di Pippo nelle nostre diatribe non ci rassicurava oltremodo.

"Andiamo a misurare i 100 metri" – l'invito di Fabio fu come una liberazione. Per tutti.

2

Una volta rotte le righe, ci dividemmo sapendo che in qualsiasi momento, come del resto era una certezza consolidata, ci saremmo ritrovati accanto al nostro pozzo. Con Fabio ci dirigemmo verso il lungomare. Un primo sopralluogo per decidere dove segnare l'inizio e la fine della mia pista personale. Il mare ci venne incontro come quell'inizio di fine estate, tra bagnanti di fine stagione irremovibili a rinunciare alle ultime occasioni per tuffarsi prima del nuovo inizio del nuovo anno scolastico. Bastò incrociarsi lo sguardo e poi nessuna parola poteva farci indugiare ulteriormente. Una corsa sulla ghiaia ancora rovente mentre ci sfilavamo la maglietta. Gli zatteroni volarono a pochi centimetri dalla battigia, dopo fu una nuotata sottacqua a sfidare l'amico e i propri limiti. Riemersi qualche decina di metri più al largo e girai su me stesso per accertarmi subito se Fabio avesse superato la distanza da me raggiunta. Rassicurato dalla sagoma che mi salutava dalla riva, presi coscienza che Fabio non aveva neanche assaggiato l'acqua con i piedi per poter rappresentare un rivale da battere in questa prova di resistenza. Mi distesi sulla schiena facendomi trascinare dalle onde che, lentamente, mi riportarono a riva. Come consuetudine, mi tuffai di pancia sulla ghiaia calda attirando su di me i ciottoli più roventi con le braccia. Il sale marino penetrato nel naso durante l'immersione scivolava sul volto. Sentivo il sole ancora tiepido sulla schiena. Fabio si accomodò accanto e sedendosi, quasi a volersi godere quel momento di assorbimento naturale, svogliatamente lanciò qualche pietra in mare. Si divertiva a selezionare quelle con la forma più affusolata, le chiamava siluri, poi le lanciava molto in alto in direzione del mare. La forma particolare di quei ciottoli era il motivo per cui l'ingresso in acqua ricordava molto quel rumore secco e ambito dai grandi tuffatori che ammiravamo volteggiare dalle piattaforme olimpiche e che tagliavano l'acqua delle piscine cercando di provocare uno spruzzo contenuto, molto apprezzato dalle giurie.

"A volte sembra che tu dimentichi che io non sappia nuotare" – una frase ricorrente che Fabio puntualmente mi ripeteva in queste occasioni.

Non rispondevo mai, sia perché mi sembrava di infierire nei suoi confronti, che di questa lacuna dimostrava un disagio e una sofferenza soffocata, sia perché sapevo che la volta successiva avrei commesso la stessa leggerezza. Mi voltai quindi nascondendo in parte il volto tra la piegatura del braccio, lasciando un occhio a sbirciare il panorama e qualche bagnante nelle vicinanze. Riconobbi lo sguardo abbagliante di Graziella, la ragazza mezza catanese che avevo conosciuto da qualche giorno. Essere figlia di due genitori di paese che avevano vissuto nella provincia di Catania per motivi di lavoro, era un marchio di esclusiva per farla sentire quasi straniera. Una caratteristica che le riconosceva di diritto un ruolo privilegiato tra le ragazze oggetto di quegli amori adolescenziali, più sorretti dalla fantasia di noi ragazzi che da un reale approccio diretto. Ci bastava un sorriso più insistente di un semplice saluto per appagare qualsiasi desiderio di contatto, magari a distanza tra innumerevoli sguardi e saluti estemporanei da scambiare con centinaia di persone che si potevano incrociare sulle spiagge affollate di quelle estati. Lo stesso sorriso che ricambiai mentre Graziella ci passò accanto con la sua borsa da mare a tracolla e quegli occhi azzurri che rendevano qualsiasi parola superflua per esprimere quello che la mente, seppur ancora acerba e giovane, riusciva a immaginare.

“Dallo sguardo che le hai dato, si vede proprio che ti lascia indifferente” – la battuta ironica di Fabio che tentava di trovare un pretesto per parlarne.

“Dici che sia così evidente che lei abbia potuto capire qualcosa?” – gli chiesi forse conoscendo già la risposta.

“Ma se così fosse, non è forse quello che vorresti che lei capisse?” - la successiva domanda di Fabio, dal tono fin troppo evidente di banalità.

Certo, come potevo negare il contrario, ma da adolescenti si è sufficientemente stupidi per accontentarsi di quelle storie a senso unico, con un sentimento coltivato giorno dopo giorno, senza necessariamente il bisogno che sia corrisposto. A dirla tutta, dentro di me era più che appagante vederla come la fonte di uno stato di esaltazione e di estasi che spesso si manifestava nella gioia di condividere questa emozione con gli amici più fidati durante i nostri dialoghi notturni, quando il silenzio delle notti era disturbato soltanto dallo stridere insistente delle cicale. Erano più le storie di ragazzini che collezionano innamoramenti infantili che vere e proprie relazioni, anche se ingenue e senza pretese, che caratterizzano quel periodo della vita che viviamo tutti, in un modo o nell'altro.

"Non lo so se voglio realmente che lei capisca che mi piace. Adesso, poi, abbiamo un lavoro da portare a termine e abbiamo già perso troppo tempo" – fu la mia risposta diplomatica.

"Un lavoro? Di cosa stai parlando?" – mi chiese Fabio mentre con le braccia fece leva per alzarsi e tornare verso il lungomare.

"Dobbiamo misurare i 100 metri. Voglio provare una nuova pista e lo voglio fare il prima possibile" – dissi mentre infilavo la maglietta dal collo rivestendomi alla svelta.

Misurare la distanza dei cento metri era sicuramente un eufemismo. Non eravamo attrezzati di metro o di quell'oggetto misterioso che spesso ci ritrovavamo a contemplare nei pressi di qualche cantiere di lavoro, tenuto in mano da operai che ci sembravano scienziati in procinto di svelare chissà quale strabiliante scoperta. Quel disco volante che custodiva all'interno quella fettuccia numerata utilizzata per misurare le distanze e che miracolosamente, con il solo tocco della mano esperta, veniva risucchiata come il corpo di una lumaca dentro la sua chiocciola. Avevamo sentito anche il suo nome, sicuramente in dialetto. Quel *"piglia a rullina"* che ogni tanto ci capitava di ascoltare nei discorsi degli operai, ci aveva svelato l'appellativo che la identificava. Ci era venuta anche la tentazione di chiederla in prestito, giusto il tempo di segnare la partenza e l'arrivo del mio sogno atletico, ma la timidezza ci aveva fatto sempre desistere. Avevamo trovato l'alternativa a quel magico espediente. Un più rozzo e rumoroso sistema di misurazione era stato suggerito dallo stesso Fabio che propose di utilizzare il contachilometri del suo motorino, in grado di segnalare i metri necessari per la nostra improvvisata pista da atletica. Ci recammo così nel punto scelto nei giorni precedenti, posto alla fine del paese a ridosso della scuola che si affacciava sul lungomare. La scelta del posto era motivata dalla possibilità di utilizzare la strada che si affacciava al mare durante quelle ore della giornata con minore passaggio di auto. Di solito coincidevano con quelle più calde del primo pomeriggio, poco dopo l'orario di pranzo. Anche la notte si prestava ai nostri intenti, specialmente fuori stagione, quando dopo le otto di sera diventava sempre più raro il passaggio di un'auto in transito. Un altro motivo che ci aveva spinto a scegliere il lungomare era quel vento forte e insistente dell'estate, in dialetto conosciuto come *ventu 'i canale,* dove canale stava per Stretto di Messina. Un vento continuo e sostenuto che soffiava durante il giorno dalla città di Messina verso Catania, per placarsi soltanto la sera in coincidenza con il tramontare del sole. Quel vento rappresentava il tocco in più del mio programma di allenamento. Correre contro quel vento era lo sprono e la giustificazione per i miei tempi registrati, quando il cronometro non soddisfaceva a pieno le mie aspettative. Era l'esaltazione quando aiutato da quella spinta naturale, bloccavo il cronometro sulle mie ambizioni in parte appagate dal risultato. Fabio mise in moto e guardando con attenzione quasi professionale il contachilometri, cominciò a muoversi contando a mente le decine di metri fino alla misura stabilita. Un unico dubbio lo sollevò mentre procedeva con meticolosità, l'incertezza che la decina di partenza non fosse stata calcolata con esattezza proprio dal primo metro, non essendo il contachilometri concepito per contare anche i metri. Me lo fece notare mentre lo seguivo a breve distanza immaginando di percorrere quella pista improvvisata durante una seduta di allenamento. Decise che per compensare un qualsiasi errore di misurazione era giusto allungare di qualche metro l'ultima decina che aveva il compito di segnare i cento metri. "Meglio eccedere. Al limite i tempi che riuscirai a ottenere potrebbero essere migliori considerando che abbiamo superato la distanza esatta" – ci tenne a precisare per zittire qualsiasi mio tentativo di replica.

Ero stato previdente e cacciai dalla tasca una pietra tagliente raccolta in spiaggia per puntare la misurazione. Una linea traversale incisa con la parte più sottile di quell'improvvisato scalpello completò il lavoro meticoloso di Fabio. L'ipotetica linea di partenza dalla quale si era mosso il motorino era già stata fissata con uno dei pali della luce che illuminava il lungomare durante le ore notturne. In questo eravamo stati anche fortunati, aiutati dal fatto che uno dei lampioni si distingueva dagli altri per una leggera inclinazione dovuta a qualche tempesta di vento che gli si era abbattuta, probabilmente nei mesi invernali. La tentazione di provare subito la nuova pista mi assalì per un momento. Cacciai indietro l'idea riflettendo sul particolare che l'asfalto a quell'ora ancora calda della giornata, era ancora appiccicoso e poco adatto alla prova. Non avevo neanche le scarpe da corsa con me e questo bastò per cambiare definitivamente i miei propositi. Col motore ancora acceso, Fabio mi fece cenno di montare e ci indirizzammo lentamente verso il tratto di lungomare in corrispondenza del nostro quartier generale.

Con malcelata sorpresa li ritrovammo riuniti uno accanto all'altro, seduti sui soliti gradini sdruciti dal tempo. Francesco, Giuseppe e Carmeluccio intenti ad una siesta siciliana, rinfrescati da quel contatto con la pietra fresca che i pantaloncini estivi riuscivano a restituire. Carmeluccio aveva in mano il solito Topolino, sua lettura irrinunciabile che in inverno diventava la sua pausa agli studi e, in estate, il suo metodo personale per concentrarsi sulle nostre confabulazioni. Fingeva sempre una profonda concentrazione immergendosi tra le strisce disneyane, come a voler dimostrare uno scarso interesse ai discorsi in sottofondo, lasciandosi andare ogni tanto ad un silenzioso sorriso, divertito dalle trame dei personaggi. Poi, quando meno te lo aspettavi, eccolo intervenire nel discorso trovando il più delle volte la soluzione più idonea per risolvere i problemi che a turno avevamo sollevato. Mi avvicinai con Fabio passandogli accanto, ricambiai un velocissimo cenno di saluto e mi andai a sedere sul selciato posizionandomi di fronte al resto del gruppo che aveva avviato uno dei tanti discorsi accalorati che finivano sempre per coinvolgere tutti. Avvertivo un'aria strana, insolita rispetto a quella che poi, di solito, era un'esternazione goliardica di problemi esistenziali enfatizzati fino a livelli indescrivibili che la mente adolescenziale riusciva a produrre. Anche l'eccessivo silenzio di Carmeluccio mi lasciava da pensare che l'argomento affrontato era un'eccezionale occasione di discussione che da diversi minuti, prima ancora dell'arrivo mio e di Fabio, aveva impegnato Francesco e Giuseppe, distrattamente anche lo stesso Carmeluccio. Di fatto era un monologo e l'unica voce che trascinava l'attenzione era quella di Francesco che animosamente rivendicava una minaccia che avrebbe potuto creare grossi problemi al gruppo nell'immediato futuro e che non potevamo permetterci di sottovalutare. Non riuscivo ad afferrare la natura della questione, per quanto tentassi in tutti i modi di ricollegarmi al discorso provando ad immaginare le parti mancanti che erano state già pronunciate.

"Non possiamo fare la guerra contro tutti, non siamo in condizioni di farlo" – furono le ferme parole di Francesco che sembrava rivolgere a me per ottenere un'approvazione in più alla sua teoria.

"Anch'io mi sento riconoscente nei suoi confronti per averci fatto riconquistare l'utilizzo della palestra. Sono convinto che non saremmo mai riusciti da soli ad accedere nuovamente, ma questo non vuol dire che la nostra banda abbia bisogno di un nuovo elemento".

Compresi in un attimo che l'oggetto della discussione era Pippo e la sua impresa a suon di cazzotti. Capii anche molto presto che Francesco non amava interferenze particolari a quella che considerava un gruppo collaudato e senza alcun bisogno di particolari modifiche, anche se utili in quella particolare circostanza.

Non avrebbe rinunciato del tutto ad un'eventuale futura partecipazione fisica di Pippo ai nostri scontri che, ammetteva senza indugio si sarebbero ripresentati, ma non era disposto a riconoscergli un ruolo alla pari che, di fatto, gli avrebbe anche concesso la sua legittima quota decisionale sulle discussioni che avremmo dovuto affrontare nel futuro.

"Si chiamano mercenari. Già nell'antico Egitto ne facevano uso. Non ci stiamo inventando niente di nuovo" – ci voltammo d'istinto verso Carmeluccio, non poteva essere fonte diversa quella sentenza che non avevamo capacità e conoscenza sufficiente, soltanto per immaginare a replicare.

"L'unico problema è conoscere prima quello che ci chiederà in cambio" – la replica di Carmeluccio complicò ulteriormente i nostri dubbi.

3

Ci si poteva alzare la mattina, una delle tante mattine di fine scuola, quando i pensieri erano rivolti alle rincorse sulla sabbia rovente e ai tuffi acrobatici da pontili di legno che trovavamo belli e pronti in attesa di essere utilizzati, costruiti da chissà chi e spazzati ogni anno dalla schiuma delle onde di fine stagione. Erano i tempi quando il dovere era assicurarsi l'iscrizione all'anno scolastico successivo e liberare la fantasia su come occupare il tempo dei successivi tre mesi. Mi piaceva guardare il paese risvegliarsi nelle prime ore del giorno, quando solo un canonico cane attraversava temerario la strada deserta. O quando il camioncino dei cornetti caldi eseguiva le consegne seminando per le vie un'aromatica scia di golosità repressa. Mi accomodavo svogliatamente su uno dei tanti gradoni di pietra crivellata dal tempo e spiavo di nascosto quei postini delle colazioni estive. Immancabili i turisti in pantaloncini e canottiere a scaricare tossine e chili in eccesso accumulati nelle serate precedenti. Li guardavo ironicamente trattenendo la tentazione di rincorrerli e superarli. E *spacchiarmi* dei miei progressi atletici ottenuti dagli intensi allenamenti. Con la mente disegnavo strani personaggi ad animare quell'immagine silenziosa, almeno in parte, svuotata di umanità che mi attirava sempre come se fosse possibile inserire e cancellare a piacimento qualsiasi segnale di vita. Erano le mattinate quando Carmeluccio scendeva la rampa di scala dopo aver socchiuso la porta di casa cercando di fare il meno rumore possibile. Cacciava sempre di tasca il foglietto compilato accuratamente dalla madre. Una lista asimmetrica di incombenze da eseguire nel primo mattino per garantirsi il lasciapassare ad un'altra giornata di mare. Senza alcuna parola, gesti ripetuti a memoria come un rito da non sfatare in inutili variazioni del tema, si scherzava e rideva ricordando e reinterpretando gli avvenimenti della sera precedente, quando insieme al resto del gruppo ci confondevamo tra centinaia di persone in cerca di frescura seduti ai bar, agli angoli della piazza di paese e sul muretto del lungomare a chiacchierare ad alta voce per timore di rimanere alienati dalle altre comitive che invadevano l'aria con fonemi regionali che, Carmeluccio ed io, ci divertivamo ad imitare. Saltelli infantili a cementare un'amicizia e il dito a focalizzare sulla lista spesa il primo compito da soddisfare tra le richieste scritte della madre. Il panificio una delle prime tappe, in un angolo di quartiere popolare che conservava allora l'originalità barocca nonostante lo stupro urbanistico già in atto da qualche anno ad opera di una modernizzazione architettonica che sapeva di strappo abusivo alle nostre giovani vite. Oltre che a quel legame affettivo a quelle pietre levigate dal vento, i muri screpolati e vecchie porte di legno rosicchiate dal tempo e i messaggi in geroglifico adolescenziale a testimoniare, forse per sempre, il nostro passaggio.

Carmeluccio strappava sempre *a minnedda* di quel pane cocente che il panettiere ci passava dalle sue mani, forse in amianto o così bruciacchiate da anni di lavoro a centinaia di gradi di fatica. Sigaretta in bocca, quasi a mantenere la giusta temperatura di quell'atmosfera d'altri tempi. Carmeluccio masticava piano, soffiando su quel caldo vapore che lo strappo del pane emanava, oltre a quel profumo inconfondibile di genuinità figlia di notti di impasto e attese di crescite da far bruciare in pochi minuti dentro quei forni preriscaldati. Me ne passava un pezzo per condividere il reato che già sapeva gli sarebbe costato il rimprovero della madre indulgente, maestra di scuola e latitante di vita vissuta che non comprendeva come quel piccolo furto sarebbe stata la nostalgia alla quale ci saremmo aggrappati nel futuro, illudendoci di aver vissuto esperienze esclusive di ricordi lasciati al passato. La tappa successiva era la zia che abitava in fondo al paese. Una casa in stile liberty, troppo grande per pensare che lei ci vivesse da sola. Troppo elegante per pensare di poterci accedere ogni giorno come un privilegio da condividere e custodire per paura di perderlo quando meno ce lo saremmo aspettati. Ci accoglieva con una leggera veste da camera, che stava a metà strada tra un'eleganza nostalgica e un improvvisato prendisole. Sempre perfetta, pettinata e in ordine eccessivo, quasi disarmante, ci saremmo innamorati per sempre di lei. Delle sue mani affusolate ad accarezzarci i capelli, gli occhiali ad esaltare uno sguardo di dolcezza sincera e una ben celata solitudine, lei diceva per scelta, ma che si poteva raccogliere nella pacatezza delle sue parole, quasi sillabate a rincorrere anni che non ritorneranno. Ci precedeva in cucina e una panca di legno in stile country ci consentiva di accomodarci, come per un meritato riposo destinato a primordiali lavoratori del mattino, quali ci sentivamo nel portare a termine quella lista di incombenze che Carmeluccio teneva in mano, consultandola ripetutamente per timore di dimenticare qualcosa. La zia apriva il frigo e poggiava sul tavolo una teglia di metallo che mostrava una sorta di pista di pattinaggio ghiacciata di colore rosso. Con un attrezzo simile ad una raschietta, la zia incideva e grattava su quella superficie rossa. Poi, aiutandosi con un cucchiaio, riempiva dei bicchieri amalgamando quel nettare di freddo rubino. Era la sua granita di fragola, orgogliosamente fatta in casa. Il rito gustativo si completava con l'apertura dello stipetto della credenza dal quale la zia estraeva due *zuccarate* al sesamo che Carmeluccio ed io provvedevamo a intingere nella granita. Immerso fino a toccare il fondo del bicchiere, aspettavamo che quel biscotto si inebriasse della fragola ghiacciata per poi addentarlo delicatamente per prolungare il più possibile quella delizia del palato e la nostra pausa.

La pausa durava sempre eccessivamente poco. Neanche il tempo di pregustare le ultime carezze sulle guance che la zia di Carmeluccio ci riservava come congedo ad un prossimo appuntamento del nuovo mattino, che già nuovamente in strada a depennare dalla lista un'altra missione da portare a termine. Il passaggio obbligato era una deviazione che ci conduceva sul lungomare mentre il sole cominciava a riscaldare i nostri volti. Una sosta sull'arenile, a volte anche l'azzardo di un aiuto forzato ai pescatori a strappare le barche dal mare e bloccarle sulla spiaggia per un meritato riposo. Era una attesa impaziente che ci avrebbe premiato con la vista e la scoperta sempre imprevedibile delle prede catturate dai pescatori durante la nottata. Un contenitore rotondo di plastica, così grande da non riuscire mai a capire dove lo tenessero nascosto, mentre la barca scivolava sul grasso delle falanghe. Appariva dal nulla come per magia, sollevato di peso dai calli di quegli uomini che sognavamo di emulare nel futuro, sognatori condizionati dalle nostre letture delle pagine di Conrad.

Sbirciavamo tra le spalle e i costumi dei turisti estivi che soffocavano la curiosità avvicinandosi ai pescatori in cerca del pesce pregiato da mettere a tavola, vantandosi per la freschezza del prodotto. Mercati improvvisati in un primordiale "chilometro zero" soddisfacevano le richieste dei compratori da spiaggia e la curiosità mia e di Carmeluccio che, osservando quell'asta improvvisata, chiedevamo i nomi dei pesci per arricchire la nostra cultura adolescenziale. *Sauri, ajule, custardeddi,* i nomi dialettali che a fatica riuscivamo a memorizzare. A volte qualche *rungu,* il pesce serpente che affascinava e faceva sognare i turisti, immaginando avventure marine d'altri tempi a combattere mostri di profondità da contrastare alla monotonia dei lunghi inverni. Ricordammo quella volta che un pescatore, vedendo avvicinarsi la folla di bagnanti, cacciò due enormi granchi catturati con le nasse e li lanciò sulla spiaggia facendo scappare tutti. I pesci erano già morti, ma i turisti non lo sapevano. Carmeluccio ed io restammo immobili con i due pesci giganteschi a pochi centimetri dai nostri piedi. Il pescatore saltò dalla barca e girandosi verso di noi, sorrise e ci regalò una manciata di *opi* per ricompensarci di quello che interpretò come una personale prova di coraggio.

Dalla spiaggia si ritornava sulla strada principale del paese. Direzione a *putìa* della signora Gilommo, una sorta di bazar dove si poteva acquistare dal pane agli alimentari da banco, dai detersivi al pescestocco, immancabile sulle tavole delle famiglie locali. Cento grammi di prosciutto cotto e duecento di provoletta affettata sottile era la richiesta abituale della madre di Carmeluccio, che faceva sfoggio sul suo foglietto sempre più unto. Era anche il momento della nostra personale cresta sulla spesa. Una bottiglietta di spuma ghiacciata che sorseggiavamo lentamente mentre facevamo ritorno a casa. Un rutto liberatorio prima di lasciarci giusto per il momento della consegna della spesa da parte di Carmeluccio nelle mani della madre. Un inutile ma sempre presente sermone di rimprovero sulle probabili fregature che i commercianti avevano perpetrato nei confronti del figlio. Un veloce cambio d'abito, con il costume da mare a rappresentare l'unico abbigliamento accettato e poi la corsa verso la spiaggia. Quella mattina, dopo avere ripetuto il rito del giro delle *putìe* e l'immancabile consegna del dovuto alla madre, Carmeluccio mi raggiunse in cortile per rinviare ad un incontro pomeridiano la nostra amicizia.

"Tra poco inizia la scuola e mia madre ha già serrato l'alzaia" – il suo saluto in tono marinaresco.

Mi guardai un attimo in giro, nella vana speranza di essere raggiunto da qualche altro componente del gruppo, ma il silenzio e il cortile vuoto mi invitarono a dedicarmi a tutt'altro. Entrai un attimo in casa. Il libro era sul tavolo da cucina in attesa di un nuovo incontro. Lo afferrai e uscii per andarmi a sedere in un angolo all'ombra. La giornata era ancora calda, nonostante l'approssimarsi della fine dell'estate. Riguardai la copertina che mi aveva conquistato sin dalla prima lettura. L'isola di corallo. Robert Micheal Ballantyne. Non male come inizio giornata.

4

Girando l'angolo a destra della palestra all'aperto, ospitata dal nostro cortiletto privato, ci si ritrovava in piazza percorrendo prima un breve tratto che costeggiava una fila di case anch'esse in stile barocco. La piazza rimaneva sulla sinistra accanto al palazzo del comune e delle vecchie immagini in bianco e nero che ebbi modo di vedere qualche anno dopo, raffiguravano quell'ampio spazio rettangolare addobbato con due canestri all'estremità e delle linee sommarie disegnate sul cemento. Antiche glorie sportive di paese risalenti agli anni '50 che cercavamo di emulare e sorpassare durante le nostre partite. Di fronte proprio alla piazza un cancello di ferro, stranamente mai chiuso a causa anche di una folta sterpaglia degna della più classica macchia mediterranea, conduceva a una sorta di collinetta mista sterrato oltre la quale si poteva ammirare uno dei tanti polmoni verdi che il paese ancora custodiva gelosamente. Molti agrumeti tipici della zona e un'accattivante pianta di gelso bianco dalla quale a inizio estate era un piacere farsi delle scorpacciate senza ritegno, raccogliendo i frutti dai rami o facendoseli crollare addosso con brevi scossoni alla base del tronco. A volte spostavamo il nostro quartier generale proprio sotto il gelso, godendo dell'ombra rinfrescante delle sue fitte fronde. Dividevamo i frutti e approfondivamo i progetti che quel variegato gruppo che rappresentavamo proponeva, alternandoci in questo compito senza un ordine stabilito. L'ipotesi di allargare il gruppo con l'entrata ufficiale di Pippo era stata più volte discussa, ma una certa diffidenza e il timore di un'invadenza non troppo gradita a molti di noi, non aveva sciolto gli indugi. Pippo non si poneva neanche il problema e ignorava del tutto che fosse oggetto delle nostre riunioni. Eravamo sotto la pianta in un insolito silenzio attendendo che qualcuno a caso riprendesse il discorso. Giuseppe, il più grande di noi e rivendicando il carisma del ragazzo di città, cancellò il silenzio con un improvviso pensiero recitato ad alta voce. Sembrava l'avesse meditato da tempo, anche dal lunedì al venerdì quando rimaneva in città e i nostri incontri si rinnovavano nei fine settimana.

"Perché proporlo noi?" – la sua voce ci colse di sorpresa mentre distrattamente avevamo avviato un gioco di tiro a segno contro una lattina di birra abbandonata sul prato di fronte.

"Perché proprio noi, cosa?" – Carmeluccio, di solito ultimo a intervenire nelle discussioni, ci sorprese con la sua irrinunciabile natura saccente e formulò la domanda più scontata e pensata da tutti, anticipando qualsiasi nostra eventuale obiezione.

"Proprio noi a proporgli di entrare nel gruppo" – la secca risposta di Giuseppe.

"Che intendi dire?" – Francesco provò a sollecitare ulteriormente il discorso abbozzato di Giuseppe.

"Perché porci il problema se non sappiamo neanche se Pippo abbia voglia di unirsi a noi?" – Giuseppe prese una breve pausa, quasi a rassicurarsi di non essere interrotto – "Lasciamo a lui la decisione senza suggerirgliela. Se ce lo chiederà apertamente, in quel caso decideremo sul da farsi. Per ora temporeggiamo e sfruttiamo il suo aiuto quando ne avremo bisogno, senza alcun impegno particolare".

Le parole di Giuseppe furono convincenti, più di quanto forse si aspettasse anche lui. Nessuno di noi ipotizzò una replica quasi a farci credere che fosse un pensiero comune, represso nelle nostre menti per timore di avanzare un'idea non condivisa dagli altri. Rassicurato da una tacita condiscendenza, Giuseppe riprese il discorso.

"Diamogli la libertà di crearsi un'occasione, avremo modo di valutare meglio se ne varrà la pena. Fino ad ora siamo riusciti a cavarcela da soli. Attendiamo un suo segnale. Magari poi non è detto che arrivi".

L'ultima frase sembrò più una speranza che una possibilità e mi lasciò il sospetto che Giuseppe avesse un parere ben preciso sulla questione. Riuscivamo ancora a mantenere un reciproco rispetto delle nostre diverse visioni su quelle che consideravamo decisioni vitali. La proposta di Giuseppe ci sembrò azzeccata in quel momento e fu accettata senza repliche. Era domenica e come prevedibile, Giuseppe si mosse verso casa dove l'aspettava il resto della famiglia già pronti per il rientro in città. L'avremmo rivisto il sabato successivo per confermare o smentire la sua teoria. Anche gli altri si alzarono dal proprio giaciglio improvvisato e si diressero verso casa. Restammo io e Fabio a goderci il panorama del sole al tramonto che colorava quel prato incolto davanti al nostro sguardo perso nelle fantasticherie avvolte dalla cromia del cielo.

“Ho sempre pensato ai luoghi come passi calpestati che ritornano dal passato” – Fabio, in silenzio fino a quel momento, decorò l’immagine di quel vespro siciliano con la sua didascalia.

“Prova a immaginare i volti, gli sguardi, i passi di milioni di persone che in epoche passate hanno attraversato questi luoghi, anche su questo prato lercio. Chissà cosa avranno pensato? Chissà cosa avranno sognato? Chissà i giochi e le fantasie di popoli che ci hanno preceduto e che pensavano di vivere una vita unica, esclusiva, irripetibile forse? Se ci penso vorrei poter entrare nei loro pensieri, nei loro corpi e provare le stesse sensazioni, paure, incertezze che un mondo meno esigente di quello in cui viviamo si offriva al loro futuro”.

“Perché meno esigente?” – replicai con poca convinzione.

"Non so perché lo abbia detto, ma immagino un passato con maggiore umiltà e semplicità nelle scelte della vita. Forse per mancanza dei mezzi di questo mondo moderno che illudono di poter raggiungere qualsiasi traguardo, senza alcuno sforzo, come se tutto fosse dovuto. Solo la pazienza di aspettare, l'unica richiesta".

Un tono di eccessiva nostalgia nelle parole di Fabio colpì la mia distrazione. Una piacevole sensazione di fantasticare sul futuro delle nostre vite, assorbendo dal passato una lezione che nessuno si era sognato di impartirci.

"Ma quando parli di epoche passate, a quali in modo particolare ti riferisci?" – mi sembrò doveroso sostenere e sollecitare quei pensieri improvvisati di Fabio, che manifestavano una voglia irrefrenabile di manifestarmi le sue riflessioni più nascoste. Pensai che si crescesse anche così, condividendo sensazioni, stati d'animo, pensieri notturni che la mente sviluppa a qualsiasi età, ma che quella nostra età sfruttava al meglio liberando l'istinto di sognare un futuro aggrappandosi al passato, senza alcun freno inibitorio che avvolge gli adulti, incapaci spesso di lasciarsi andare davvero.

"Non so se abbia importanza paragonarsi esattamente con un periodo precedente e con stili di vita che istintivamente possano sembrare diversi, lontani dalla nostra realtà" – Fabio cercò di riordinare le idee e di ricompattare quei pensieri disciolti e sparsi nella sua fantasia adolescenziale, che in fondo era anche la mia.

"Non credi che in un luogo come questo, meno appariscente e forse anche meno noto di altre località siciliane, antichi greci o qualsiasi popolo che ha calpestato queste terre possa avere sognato e immaginato cosa sarebbe accaduto negli anni a venire? – le parole di Fabio si fecero sempre più animose e convinte.

"Non pensi che anche a quel tempo, ragazzi della nostra età si sedessero proprio su questi giacigli di pietra, proprio dove ci troviamo adesso, e si contendessero uno spazio, un diritto, un'idea di libertà?" – pronunciò questa ultima domanda voltando la testa e cercando il mio sguardo come ad aspettarsi una risposta di consenso che l'imprevedibilità del momento non mi consentì di esternare.

Pensai all'ingenuità delle congetture di Fabio, per certi versi anche contraddittorie. Non riuscivo a focalizzare dove finiva la probabile umiltà del vivere che cercava nel passato e collimarla con tutto quanto ci avevano lasciato i popoli che ci avevano preceduti. Mi sembravano stonare i palazzi, i templi, gli oggetti esposti nei musei e quanto l'archeologia aveva fatto venire alla luce in anni di ricerche e scavi, con quell'idea che le ambizioni e smanie di grandezza non fossero state sempre nella natura umana. Quasi come se certi comportamenti o modi di pensare e di approcciarsi alla vita si fossero corrotti in quei tempi che stavamo vivendo. Le stesse parole di Fabio passavano da un'esaltazione di probabili antichi fasti alla consapevolezza che ci potessero essere similitudini tra un sogno giovanile d'altri tempi con quelli contemporanei.

"Forse non c'è differenza tra le ambizioni e i progetti per il futuro "– mi accorsi di pronunciare a voce alta i miei pensieri. – "Forse i tempi dettano la varietà delle aspirazioni che hanno una sorta di evoluzione tra una generazione e l'altra. Non credo ci sia stato nei secoli un modo diverso di riflettere su queste cose. L'unica certezza è che la vera differenza la puoi constatare mettendo a confronto due diversi strati sociali: i ricchi vivono da sempre privilegi e non hanno il tempo per pensare ai sogni, ai poveri non resta che raccoglierli per tutta la vita".

Fabio mi guardò in silenzio per qualche minuto come a cercare una logica tra il suo discorso di premessa e la mia conclusione. Poi, quasi sorridendo per non farla apparire come una sentenza, mi disse: "Mi è sembrato di ascoltare un vecchio sindacalista comunista dal palco di una piazza di paese". Un attimo dopo si abbandonò a una spontanea risata che mi coinvolse.

"Il bello di sparare cazzate alla nostra età è il fatto che tutto è il contrario di niente. E il niente può sembrare un pensiero profondo sull'esistenza. Da adulti si gioca alla stessa maniera, ma si rifiuta di pensare che sia soltanto un gioco" – feci un cenno che invitata a rialzarci dalla nostra eccessiva pigrizia e a raggiungere la piazza e unirsi ai paesani nelle consuete vasche domenicali.

Ripercorrendo il sentiero a ritroso e salutando con uno sguardo di ammirazione il gelso in silhouette immerso nella penombra della sera, entrammo in un bar e ne uscimmo con in mano una bottiglietta di spuma. *Struzzammu* i due culi di bottiglia inscenando un rito improvvisato di buon augurio, poi il liquido frizzante scese nelle nostre gole e un simultaneo rutto liberatorio ci fece pronunciare in stereofonia i versi conclusivi di una canzone di Guccini: "...e a culo tutto il resto".

5

La mattina seguente uscii presto di casa. L'imminente inizio di un nuovo anno scolastico non era riuscito a distrarmi dai miei propositi né, tanto meno, mi aveva stimolato la curiosità di conoscere con esattezza quale sarebbe stato il primo giorno di scuola. Ero deciso ad allenarmi a fondo per farmi trovare pronto all'inaugurazione della nuova pista di atletica che avevamo misurato con Fabio. Il sole stava infuocando le montagne della Calabria in procinto di illuminare a nuovo giorno la battigia, oltre le case che si affacciavano sul lungomare. Cominciai a correre a ritmo lento posizionandomi quasi sul centro della strada, approfittando di quell'orario mattutino che riusciva a mantenere narcotizzati gli abitanti del paese. Sentirmi come padrone di una strada segnata, sudore di altri che si mescolava al mio in quell'insistente correre senza fine, fino a spezzare il fiato come alcuni attempati sportivi incontrati negli anni amavano precisare. Un tocco di competenza riconosciuta a sé stessi, come un premio all'esperienza e al diritto di suggerire la scheda giusta dell'allenamento. Per me era solo un ritrovarmi con me stesso, le orecchie ovattate da un distacco mentale che mi escludeva dalle persone, dalle case, molto meno dal paesaggio. Scintille di sale a riprodurre miliardi di soli appena sorti all'orizzonte, dietro i monti in controluce dello sfondo che faceva da cornice a questa mia bizzarra voglia di evasione. Sentire le narici invase dal sapore del risveglio, annusare l'aria con sempre maggiore intensità a ogni passo in più lasciato alle spalle. Un momento che possa rappresentare un'eternità, a qualsiasi età. In ogni attimo della propria esistenza, sentire di non aver bisogno di nessuno. Goccioline di sudore che scivolavano dalle tempie, sfiorando le orecchie facendomi assaporare quell'innocente masochismo di un umido fastidio che concede anche una personale soddisfazione. Sensazioni irripetibili che sentivo mie come esclusive. Non chiedere altro a quel piccolo mondo circostante, perché niente e nessun'altra cosa più ambita in quei minuti che ascoltare il ritmo delle scarpe che calpestano ciottoli di asfalto scalfito dal vento, mentre il battito del cuore si sincronizzava con i pensieri in cerca di una concentrazione alienante che riusciva a illudermi di spegnere il contatto da un'atmosfera opprimente che a volte avvertivo quando ero costretto a condividerlo con la gente. Passi, nient'altro che passi. Una lenta fuga cadenzata, piccoli sbuffi appena accennati a regolare la giusta respirazione che non mi stringesse in apnea. Dominio del corpo che vaga seguendo un'ideale linea retta senza una meta precisa, fin quando l'ultima energia non vada in riserva in cerca di un meritato riposo. In quei momenti non si cerca il riposo, si punta dritti verso un limite ideale da superare, una sfida con il proprio corpo ma soprattutto con la propria mente. Provare a spingersi oltre un valico di quieta soddisfazione, come riuscire ad appagare la voglia di misurarsi con il mondo. Non importa se poi quel mondo non è altro che un asfalto bruciato da un sole già pronto a lasciare il posto a un'imminente nuova stagione, quel che conta sono quei brevi momenti in cui davvero si crede di poter sentire la vita che pulsa dentro, in ogni singolo organo che reagisce alle sollecitazioni di sforzo. E poi quel vuoto necessario che accompagna la corsa. Volti conosciuti che si incrociano senza ricambiare un cenno di saluto. Ero deciso a raggiungere la fine del lungomare del paese successivo, cadenzando i passi al tempo del lento sciabordio delle onde. Aumentare la cadenza fino a sentire il battito della fatica che si abbandona all'acido lattico di un ricercato riposo. Niente mi avrebbe fermato da quel proposito, neanche quei primi irrigidimenti muscolari delle gambe. Forzai ancora di più l'andatura e, come già preventivato dall'inizio dell'allenamento, cominciai a correre sempre più veloce come a inseguire un sogno che fuggiva davanti a me a una velocità che non riuscivo a emulare. Pensai a Pietro e al suo record del mondo. Si fosse fermato sui suoi dubbi e sulla paura di osare oltre i propri limiti, un pensiero preso a prestito in quella corsa folle, sempre più veloce, avrebbe rinunciato a entrare nella Storia. Mi sarei accontentato di molto meno. Abbattere la barriera degli undici secondi netti, come un riscatto sociale che giustifica il diritto di esistere. Sapevo che se ci fossi riuscito, avrei preteso di più subito dopo, ancora di più affamato di una bizzarra ambizione che rimanesse mia, senza una vera necessità di condividerla se non con quell'ingenuo gruppo di amici con il quale mi identificavo.

Gli ultimi cento metri, o quelli che pensai potessero essere la giusta misurazione di Fabio, me li mangiai con l'intensità di un finalista olimpico. Mi dispiacque prendere coscienza che nessuno avrebbe misurato quella gara della vita. Immaginai un cronometro ufficiale che mi riconoscesse la giusta ricompensa agli sforzi compiuti in mesi di allenamento. Sentivo nelle gambe, forse più nella fantasia della mente, che avrei raggiunto presto il risultato sperato. Era come se i muscoli fossero rodati al punto giusto per rispondere al massimo al comando involontario del cervello. Scesi a rinfrescarmi con l'acqua di mare, non riuscendo a nascondere del tutto un senso di soddisfazione che si manifestò con un sorriso confuso dalla schiuma che mi raffreddò le gote. Mi incamminai attraverso la prima stradina che conduceva sulla strada principale del paese dove avrei ritrovato i paesani di tutti i giorni. Rimediai a quella sorta di maleducazione di qualche minuto prima, rispondendo ai saluti che mi furono offerti. Mi dedicai a qualche esercizio di stretching cadenzando in varie tappe di quel breve tragitto. Fui disturbato da un metallico suono di saracinesca che si alza. Senza accorgermene, mi ritrovai davanti al negozio di fotografia che il padre di Pippo gestiva da anni e dentro il quale il figlio stava apprendendo i segreti della camera oscura. Era proprio Pippo che si accingeva ad aprire la *putìa,* operazione che da qualche tempo gli piaceva svolgere raggiungendo il negozio di famiglia prima del padre, quasi a sentirsi già liberato dal controllo didattico del genitore. Mi avvicinai e lo aiutai a sollevare la saracinesca, fummo subito dopo all'interno del negozio, complici di un attimo di irrispettosa ribellione contro quella gerarchia di competenza che Pippo cercava di rispettare sempre meno.

Entrare in quella sorta di cassaforte dei ricordi, impressionati tra sali argentei e fissativi, su rettangoli che miracolosamente in lenta apparizione restituivano immagini impresse sulla pellicola, era ogni volta per me come rubare l'arte senza chiedere il permesso. Pippo era molto disponibile a questo gioco, mai sottoscritto ma che impersonavo tutte le volte che ne avevo occasione. Si spinse nel retrobottega dove dietro una porta con il vetro tinto di rosso, si nascondeva la camera oscura. Rimasi qualche passo dietro quella porta di mistero e cominciai a osservare le sperimentazioni fotografiche appese a casaccio sulle pareti del negozio. Molte erano primi piani di bellissime ragazze che provavano a lasciare un ricordo indelebile a quella giovinezza, invidiata da clienti più attempate che spesso si fermavano a guardare quei bianco e nero a ritmare il tempo che non lasciava spazio a eccessive soste di riflessione. Dentro le bacheche espositive trovai le mie fedeli macchine fotografiche in disuso, abbandonate dopo anni di lavoro per nuove evoluzioni tecniche da destinare alle commesse di servizi fotografici in matrimoni, battesimi e altre ricorrenze religiose, da nettare dalla polvere negli anni a venire. Pippo aprì la porta della camera oscura e mi raggiunse con in mano un mazzo di stampe da mostrarmi. Immagini sognanti, anch'esse in bianco e nero, raffiguravano turiste emancipate distese a prendere il sole in spiagge desolate della nostra riviera. Passaggi occasionali in quelle nostre terre, mai del tutto valorizzate o apprezzate dai locali, bramate da ragazze straniere che, in cambio di un utilizzo gratuito dei nostri arenili, ci regalavano centimetri di anatomia che diventava arte attraverso l'obiettivo di Pippo. Arte, più di quella che speculatori senza patria ci regalavano senza richiesta negli angoli storici dei paesi affacciati e spruzzati di acqua di mare dello Jonio.

Avrei voluto accennare ai discorsi fatti sul suo conto con gli altri del gruppo, ma Pippo non mi consentì di prendere la parola, avviando un monologo sulle sue ambizioni artistiche, soffocate da esigenze economiche familiari da soddisfare in banchetti nuziali e altre occasioni in cui l'estro creativo trovava poco spazio rispetto a ripetitivi scatti e pose, visti e rivisti migliaia di volte negli scatoloni di casa a raccogliere polvere nel buio di uno scantinato. Mi parlò di momenti irripetibili, dove la velocità e l'occhio umano non avevano mai una seconda occasione per correggere una prospettiva, una corretta esposizione o una scelta del soggetto. La sorpresa dopo lunghi minuti di sviluppo e stampa a trasformare in magia ore di attesa dietro un albero o posizionato su un muretto precario a reggere la pazienza e la passione per questo mondo di minuti congelati di una vita che, in quelle immagini, sembrava davvero eccezionale. Rimasi ad ascoltarlo assorbendo il più possibile quel sogno a occhi aperti che non era molto diverso dal mio. Infrangere un tempo di scatto, lui attraverso un otturatore, io a riempire le scarpe di polvere dentro cento metri di un'esistenza. Fare il fotografo ha sempre consentito di guardare il mondo con la giusta attenzione dei dettagli. Mi è sempre sembrata una frase fatta, scritta o recitata per dimostrare di avere qualcosa da dire su un argomento quasi sconosciuto. Quando ascoltavo Pippo che mi centellinava i suoi deliri dieci per quindici, quella frase fatta diventava realtà. Particolari di un quotidiano che sfuggiva più di quanto meritava che accadesse. Distrazione condotta per le strade, come un'amnesia di dettagli trascurati e occasioni perse per trasformare la monotonia in uno sguardo fisso rivolto alla stampa che ha saputo restituirci il fascino di un vissuto che sentiamo anche nostro.

"Non lo so cosa mi spinge a farlo – Pippo sembrò sentirsi obbligato a giustificare quelle sue fantasie di artista represso – è come un richiamo da parte di un angolo nascosto dietro uno sguardo ammaliante che solo senza un preavviso si umanizza. Sì, quella cazzo di abitudine di far mettere in posa i soggetti da fotografare e attendere che l'espressione giusta sia sufficientemente vicino ai gusti, spesso discutibili, di un ideale di bellezza che i clienti pretendono di ammirare nelle stampe. Come se piuttosto di essere un fotografo, fossi un lettore del pensiero".

Immaginai il disagio di chi, dietro una macchina fotografica, viene visto come un correttore di difetti che la pellicola prima, la stampa dopo, non riuscivano a rendere meno evidenti.

"A volte – Pippo continuò questa sua personale confessione – ho la tentazione di scattare a occhi chiusi, lasciando alla macchina il compito di cercare l'ambito miracolo richiesto dai clienti. Forse qualche volta l'ho pure fatto, sprecando qualche fotogramma dai risultati imprevedibili. Tra uno scatto curato e ponderato, ho infilato la mia follia a cercare la naturale personalità della gente. I risultati a volte sono stati veramente sorprendenti. Perché c'è un momento, una piccola frazione di tempo, in cui il soggetto è davvero sé stesso. Quel breve istante in cui prova a essere soggetto e fotografo nello stesso lasso di tempo, è proprio quando si atteggia e si prepara mentalmente a regalarmi quello che crede sia realmente il suo lato migliore. Proprio allora uso il trucco di non pronunciare la frase più famosa e attesa prima di uno scatto fotografico. Premo il pulsante. Pochi secondi dopo, "sorridi" e la falsa vanità di un volto prende il posto di un più vero sentimento degli occhi espresso pochi secondi prima. La camera oscura non mente mai".

Chissà se tra i suoi scatti rubati, ce n'era qualcuno che mi ritraeva. Me lo chiesi senza manifestare la mia curiosità. La tentazione di guardare il mio lato oscuro, sapientemente impressionato dal mio amico, fu soffocata dal timore di riconoscermi troppo. Mi venne in soccorso il padre, entrato nel negozio a dare il cambio al figlio in quel magico negozio di occhi che scrutano e di risposte lasciate alla fantasia. Pippo afferrò la sua Yashica corredata di teleobiettivo spinto e mi fece cenno di seguirlo. Lo seguii senza rendermi conto che, incredibilmente, mi stava conducendo proprio su una collinetta adiacente all'albero di gelsi che aveva ospitato l'ultima riunione di gruppo. Lo seguii in silenzio come si fa con le persone che riescono, senza volerlo espressamente, a manifestare quel carisma che non riconosciamo in noi stessi e che ci costringe a farci condurre in ogni angolo del mondo. Provavo sempre un rispetto reverenziale verso Pippo. Era più grande di noi di qualche anno, ma non era l'età che sottometteva le nostre acerbe personalità.

Era quell'istinto primordiale di chi non provava remore di alcun tipo in tutte le occasioni in cui sentiva il bisogno di difendere le sue ragioni. Quando quella mattina pestò Carmelo *u moggiu*, Pippo non aveva alcuna idea di quanto fosse accaduto tra il nostro sparuto gruppetto di ribelli ai soprusi e quella nidiata di sbruffoni dal pelo canino che non induriva quei volti ancora infantili, più di quanto l'arroganza insita nei loro cervelli non riuscisse a fare. Probabilmente neanche in seguito Pippo si era posto delle particolari domande per rispondere con violenza alle provocazioni di Carmelo. Istintivo come non mai, aveva scatenato tutta l'adrenalina soffocata e repressa nei suoi ambigui rapporti con il padre, tradizionalista cleptomane di immagini senza anima, come le giudicava Pippo quando condivideva il lavoro del genitore dentro le mense post funzioni religiose. Aveva esternato quella violenza adolescenziale che ognuno si trascina dentro, ben nascosta e frenata da svariati sistemi educativi degli adulti. Un attimo dopo queste sue manifestazioni incontrollate, tornava a parlare del più e del meno o della sua grande passione per la fotografia artistica. Riflettevo su tutto questo, quando mi fece cenno di abbassarmi e di seguire il suo esempio nascondendoci dietro un cespuglio della diffusa macchia mediterranea, dominatrice assoluta di quella collinetta che ci stava ospitando. Mi abbassai più che potei avvertendo uno strano disagio, come se dovessi nascondere un'azione illegale della quale non farmi scoprire. Non ebbi la forza e la volontà di chiedere cosa giustificasse questo atteggiamento guardingo richiesto dal mio compagno. Anticipando qualsiasi eventuale mia curiosità, Pippo cominciò a parlare.

"Guarda in direzione di quella casa e concentra lo sguardo sul portone di ingresso – pronunciò queste parole scrutando la scena con il teleobiettivo – continua a guardare da quella parte e aspetta con pazienza".

La casa, piuttosto, il palazzo nobiliare che si mostrava davanti ai nostri occhi, faceva parte di quella architettura secolare che si poteva ammirare copiosamente in tutti i paesini della riviera, attaccata e denigrata nel corso dei decenni in piena sintonia di uno storico e più famoso sacco di Palermo che, a guardare il resto del territorio, non solo siciliano, era stato emulato in più parti rimanendo spesso occultato dalla scarsa conoscenza nel resto d'Italia di alcune località non considerate degne di troppa attenzione. Il palazzo in questione si incastonava molto bene con le costruzioni in stile barocco di quella porzione di quartiere che frequentavamo nelle nostre scorribande quotidiane. Ci passavamo tutti i giorni con la giusta distrazione di chi ha la Storia sotto gli occhi, ma non riesce a coglierne la valenza sia per una buona dose di ignoranza in materia, sia perché nessuna amministrazione comunale si sognerebbe mai di valorizzare e rendere nota alla cittadinanza, come un bene prezioso da custodire e consegnare alle future generazioni.

Non era possibile sviare il pensiero di Pippo quando meditava sulle sue idee e progettava una qualsiasi avventura nella quale coinvolgermi. Non era proprio come se non mi ascoltasse affatto. Piuttosto era come una lenta elaborazione delle parole, una incredibile capacità di accantonarle e continuare a concentrarsi nel suo proposito. Quando poi, in un secondo momento che poteva essere il giorno dopo o anche settimane, mesi, magari anche il giorno stesso, la sua mente gli riconsegnava il mio monologo, mi rispondeva con perizia di dettagli davanti alla quale mi sentivo spiazzato non ricordando spesso neanche i particolari delle mie parole. Ero sufficientemente rodato a quel suo atteggiamento da non aspettarmi un trattamento diverso in quella circostanza. Non feci in tempo a provare a ipotizzare la mia prossima mossa che Pippo, assorto sempre di più a focalizzare con il teleobiettivo la scena offerta da quel vecchio portone distante a qualche decina di metri dalla nostra posizione, avviò un altro sproloquio.

"Se quelle mura potessero parlare, se quel portone potesse spalancarsi e consegnarci almeno una parte di una storia ai più sconosciuta, oggi capiremmo molto di più di quanto sappiamo di noi stessi e del perché pensiamo, viviamo e siamo attratti da quel misticismo che ci provoca reazione incontrollate e che non riusciamo a gestire con padronanza" – parlava con l'occhio appoggiato al mirino, fisso davanti, cosciente e sicuro che non lo avrei interrotto.

"Ci sono pomeriggi, sì, accade molto più spesso di pomeriggio, che in negozio passano le ore senza che nessun cliente decida di entrare – Pippo proseguì in questa sua confessione – allora mi assale la noia e non bastano gli espedienti, quali pulire le macchine fotografiche o sistemare le stampe da consegnare ai clienti. In quei pomeriggi, chiudo per una mezz'ora il negozio o lascio mio padre da solo. Mi reco qui vicino nella biblioteca comunale ospitata nel palazzo del municipio e, senza neanche attendere che l'impiegato mi chieda di cosa possa aver bisogno, seguo il richiamo della Storia che mi conduce davanti allo scaffale delle vecchie edizioni che riassumono i decenni e i personaggi dei secoli passati".

Ancora una volta Pippo mi stava lasciando senza parole, sorpreso e incapace di immaginarlo in quel ruolo di studioso clandestino che non riuscivo a riconoscergli, neanche in quel momento che era riuscito a catturare la mia curiosità e attendevo con impazienza il resto del suo racconto.

"È capitato quando meno me lo aspettavo – riprese Pippo – sfogliando diversi libri presi a caso dallo scaffale. Certe storie cercano te senza preavvisi e ti prendono per mano aprendoti un mondo al quale già fai parte, solo perché sei nato. Una buona botta di culo è necessaria perché la storia che ti conquisterà non la puoi sfogliare e cercare come una caccia al tesoro. Questi libri si aprono senza scegliere la pagina, qualche parola imprevista che ti attira più delle altre e cominci a leggere. Sei già prigioniero di quelle lettere dell'alfabeto legate dall'emozione di chi le ha unite per crearne frasi di senso compiuto. È come farsi dondolare da ricordi che non sono i tuoi, che prendi a prestito da quello che era il presente dell'autore, per finire per condividerli come ti fossero sempre appartenuti".

Non so se mi fossi deciso a farmi coinvolgere da Pippo per trovare una *scaciune* per renderlo partecipe dei nostri problemi di convivenza con coetanei non troppo disposti a socializzare, ma alla fine era stato lui a trascinarmi su quella collinetta ad aspettare non so bene cosa. E soprattutto chi.

"Ho quasi paura di finirlo troppo presto – Pippo riprese il racconto continuando a fissare di fronte a noi – lo sfoglio il tempo giusto per soddisfare una necessità, poi lo richiudo e lo riconsegno al bibliotecario. Non l'ho mai portato fuori da quella sua tana, nonostante mi sia stato proposto diverse volte. Il suo posto è lì, accanto agli altri libri. Sarebbe un sacrilegio dividerlo dagli altri, sarebbe un sopruso che non posso permettermi, sarebbe come snaturare quel momento di pausa riflessiva, quando le immagini fotografiche lasciano lo spazio alle didascalie".

D'un tratto un rumore di foglie calpestate interruppe il monologo di Pippo. Passi pesanti che solo le persone anziane sanno ritmare con naturalezza. Una donna da una folta capigliatura canuta si trascinò fuori dall'ingresso principale. In mano, una sacca di juta rigonfia al punto giusto per sollecitare la nostra curiosità. Delle pantofole consunte ricoprivano a metà i piedi. Pippo continuò a scattare foto con un'avidità a me incomprensibile. Ogni tanto mi passava la macchina fotografica per rendermi partecipe a una prospettiva ravvicinata del nostro soggetto. Pochi secondi per focalizzare qualche dettaglio che a occhio nudo non riuscivo a carpire dalla scena. Trasandata, da un'età incalcolabile. Gli adulti sembrano tutti molto vecchi agli occhi degli adolescenti. Pattinava con quelle ciabatte sulla macchia mediterranea allontanandosi lentamente alla nostra vista. La seguimmo alternandoci la macchina fotografica, fino a quando attraversò la strada per scomparire voltando l'angolo di un viottolo che conduceva al lungomare. Pippo restò in silenzio evitando qualsiasi altro dettaglio sulle sue fughe culturali, né sul perché mi avesse condotto lì a spiare una vita di silenzio che rifiutavo di comprendere. L'avrei raccontato agli altri, quel bizzarro pomeriggio. Non sapevo cosa di preciso, ma qualcosa mi sarei inventato.

6

Non si finisce mai di conoscere le persone. Sembrava una frase fatta che mi arrovellava il cervello da qualche giorno, da quel curioso appostamento nel quale Pippo aveva deciso di farmi complice, scegliendo me ed escludendo gli altri, almeno per il momento. In quell'occasione non mi aveva svelato tutto quanto c'era da sapere, così supponevo non potendo accettare che Pippo si fosse limitato a coinvolgermi in un momento di distrazione, che si concedeva ogni tanto dal suo impegno al laboratorio di fotografia. Aveva sicuramente qualcosa in mente e le sue passeggiate tra gli scaffali della biblioteca avevano acceso in lui la voglia di approfondire qualche conoscenza che mi sfuggiva. Continuavo a ripetermi a mente che questa veste di studioso e divoratore di libri del mio amico mi aveva davvero sorpreso. Non ero molto convinto di riferire nell'immediato l'accaduto, come se aspettassi che nuovi risvolti sulla faccenda mi facessero comprendere meglio le intenzioni reali di Pippo. Nei giorni immediatamente seguenti la situazione si era arenata, ma la mia curiosità e la voglia di nuovi stimoli mi aveva impegnato le notti trascorse a riflettere e ponderare una probabile ipotesi che giustificasse questa insolita esternazione di mistero. Ci pensavo con una certa intensità mentre il regionale mi conduceva in città, distraendomi tra un salire e scendere dei passeggeri durante le fermate. Avevo appuntamento con Giuseppe, l'amico cittadino, emancipato ed emulato dal resto del gruppo nel suo stile di vita che ai nostri occhi sembrava esclusivo solo per il fatto che viveva in città. Giuseppe suonava il pianoforte e questo lo rendeva ancora più esclusivo. A quei tempi avevo cominciato a strimpellare una chitarra classica da studio, comprata con relativo sacrificio economico della mia famiglia. Qualche rudimentale accordo, che avevo imparato sin dalle prime settimane, mi aveva consentito ad autopromuovermi a compositore autodidatta di qualche musica, utilizzando i più semplici giri armonici che mi avevano maggiormente attirato per trasformare in canzoni alcune poesie larvali tipiche di quell'età. Periodicamente ci davamo appuntamento a casa sua nel pomeriggio e, dopo aver ascoltato nei giorni precedenti alcune registrazioni che gli consegnavo nei fine settimana, mi accoglieva in un grande salone che ospitava un pianoforte a coda con il quale aveva lavorato sugli arrangiamenti. Con una certa soggezione, dovuta al mio livello dilettantistico rispetto ai suoi già consolidati risultati, imbracciavo la chitarra e l'accordavamo insieme con l'ausilio del piano. Brevi arpeggi per verificare il risultato e poi il primo foglio che conteneva il testo e gli accordi della canzone prescelta, consolidava questa intesa armoniosa. Il suono quasi echeggiato del pianoforte che si spandeva nella stanza copriva il mio approccio alle corde tanto da farmi illudere che questo espediente fosse sufficiente a nascondere i miei errori. Un registratore a cassetta custodiva l'esercizio musicale che subito dopo l'esecuzione andavamo ad ascoltare.

Giuseppe aggiungeva sempre qualcosa a quanto elaborato durante la settimana, subito dopo l'ascolto della registrazione, trovava qualche ritocco da apportare alle canzoni che il registratore ci restituiva con la fedeltà del nastro magnetico. Trascorrevamo diverse ore, quelle necessarie fino all'approssimarsi dell'orario del treno di ritorno. Ci fermammo un attimo a riflettere sul risultato ottenuto da quella bizzarra miscela tra il mio dilettantismo e l'esperienza di Giuseppe, frutto di intense ore di studio del pianoforte, e la voglia di trasformare in capolavoro le mie composizioni.

"Dovremmo inventarci qualcosa, qualcosa di diverso che ci allontani da quell'infantile e ripetitivo gioco degno delle pagine di *Via Pal* che a me ha stancato particolarmente" – Giuseppe non si smentiva mai, ancora una volta un pensiero ponderato nel tempo veniva liberato nel silenzio quando meno ci si poteva aspettare. Sembrava mi avesse letto nel pensiero, tra i miei dubbi sulle intenzioni di Pippo e le sue innate intuizioni. Quella citazione letteraria al libro di Molnàr mi sembrava coinvolgente, oltre che azzeccata. Mi ripetevo i passaggi del libro e le scene delle trasposizioni cinematografiche che conoscevo a memoria per tutte le volte che mi ero immerso in questa storia, mentre Giuseppe era in procinto di continuare a esprimermi il suo pensiero.

"Può sembrare presuntuoso, ma non voglio trascorrere i prossimi fine settimana a contendermi un cortile o un campo gioco" – Giuseppe esternò il suo personale punto di vista su quelle continue zuffe da pollaio, come si divertiva a definirle.

"Non credo sia più una scelta" – risposi d'istinto mentre con i polpastrelli accarezzavo le corde della chitarra, sperando che il nostro incontro tornasse al più presto a giustificarsi con la musica.

"Potremmo tornare a occuparci dei nostri giochi quotidiani fingendo che la nostra faida non abbia mai avuto inizio" – proseguì quasi annoiato da quel dialogo che ci teneva inchiodati a fissarci negli occhi senza un motivo apparente – "Questo non ci impedirà di considerarla una storia finita, ma non possiamo deciderlo anche per gli altri. Li avremmo sempre addosso, non accetterebbero mai di interpretare un ruolo secondario in questa vicenda. Alla fine, non potremmo eludere per sempre il problema". Mi sembrò la risposta più logica e la più vicina alla realtà, quella che formulai con parole ferme, provando a coinvolgere Giuseppe in questa analisi che, secondo me, non accettava repliche.

“Si stancheranno. Ci vorrà del tempo, ma prima o poi si stancheranno” – replicò convinto – “Se alla provocazione si risponde con l’indifferenza, alla lunga diventa un gioco noioso. Constatare che l’avversario non ha più interesse verso la materia del contendere, smussa qualsiasi voglia di continuare una battaglia a senso unico”.

“Non credo abbiano questa capacità di analisi, neanche accostabile alla tua” – risposi sfiorando le corde della chitarra quasi a voler riprendere a suonare, accantonando un discorso che non riusciva a catturarmi del tutto – “Avessero avuto un sufficiente livello di analisi, non avrebbero intrapreso una faida per contrastare l’utilizzo di una palestra all’aperto dove poter giocare a pallacanestro, uno sport del quale forse non conoscono neanche le regole”. Mi sembrò, la mia, una considerazione che riassumesse in modo convincente le intenzioni del gruppo rivale. Provai ad aggiungere qualche altro concetto che sfatasse qualsiasi dubbio in merito.

“È questa loro mediocrità, anche nella più semplice organizzazione della loro arroganza, che mi fa pensare che continueranno a seguire un istinto incontrollato che li faccia illudere di compensare il loro livello culturale con una manifestazione di dominio, per certi versi anche infantile, ma sorretto dalla necessità di esternare la loro esistenza e quel sottile piacere di arrecare un dispetto ad altri. In pratica, come per dire che l'utilizzo di quella palestra, inutile per loro, non voglia dire che, di conseguenza, possa essere ceduto ad altri".

Giuseppe non rispose. Cominciò a scorrere le dita sui tasti del pianoforte senza un'idea precisa su quale melodia concentrarsi. Quasi ad anticipare le sue intenzioni, arpeggiai il primo accordo che l'istinto musicale trasferì dalla mente alle dita. La creatività e l'improvvisazione di Giuseppe mi guidarono su per scale armoniche che pensavo di non riuscire a raggiungere. Furono minuti di note che coprirono il disagio del dialogo appena affrontato. Qualche cenno di assenso da parte sua che mi confermava di essere sulla sintonia giusta. Ero convinto anch'io che quel gioco di guerra stava diventando una perdita di tempo che avremmo potuto dedicare a impegni più appaganti. Il problema rimaneva però. Da certe diatribe spesso non basta che una delle parti contendenti faccia un passo indietro, se l'altra continua nel suo intento impedendo di chiudere la questione definitivamente. La musica, intanto, continuava a espandersi per la stanza, con un'intesa e un sincronismo che non avevamo mai raggiunto in altre occasioni. Era come se le nostre menti si fossero alleate per scacciare cattivi pensieri e trovare negli strumenti proprio quegli impegni più appaganti che ci avrebbero aiutato a lasciarci alle spalle quelle risposte di violenza, non spontanee ma provocate e non facilmente gestibili delle quali preferivamo farne a meno.

Interruppi l'arpeggio, forse nel momento migliore della nostra improvvisata creatività. Accarezzai il legno lucido della chitarra. Mi restituì un contatto amichevole, quello che dentro di me sentivo di avere bisogno in quel momento. Immagini confuse scorrevano tra le corde, sostenute dai miei pensieri contorti che non riuscivano a placare la voglia strana di allontanarmi da un problema che sentivo, col passare del tempo, sempre meno mio. Combattuto, tra le parole e l'esperienza segreta vissuta con Pippo su quella collina di misteri che assumeva, sempre di più, un nuovo sprono per farmi affascinare da nuovi stimoli che mi conducessero a una crescita meno tumultuosa. Mi apparve la figura in dissolvenza di quella donna spiata negli interstizi di una vita vissuta e custodita nell'umiltà di anni di semplicità da non esporre alle false curiosità delle sporadiche conoscenze di paese. Un pensiero deviato dall'ingenuità mi sollecitò per qualche istante la tentazione di svelare il segreto, custodito dentro le pagine di un libro di storia, i cui contenuti potevo soltanto immaginare. Stavamo perdendo tempo, più di quanto Giuseppe era riuscito a comunicarmi nel suo sfogo ad alta voce. Un tempo che non sapevamo come compensare, che nessuno avrebbe mai garantito di poterne disporre per un tempo illimitato. A metà strada, tra il credere di essere sufficientemente adulti per un salto di qualità, più preteso che effettivamente conquistato, e quella necessità di aggrapparsi ad un'infanzia calpestata da zuffe e contatti umani forzati dall'arroganza che, in quegli anni, dominava la razionalità di un'educazione votata al confronto con la propria generazione, sapendo che nelle occasioni più frequenti era solo un primordiale conflitto sensoriale. La vita a pretendere una risposta, immatura ma coatta, che non avevamo l'aspirazione di dare, e il sentimento contorto di spalmare negli anni, nei mesi, ma solo anche nei giorni, una dilazione alla crescita, anche se sporcata dalla polvere di un selciato conteso come unica ragione per restare ancora un po' bambini. Un futuro che faceva eco dal nostro pozzo di iniziazione, dove ci ritrovavamo per condividere le paure e le stravaganze di un'età che si può permettere di trasformare un gioco da adulti in un segno del coraggio che ci faceva credere migliori, forse solo nella parte giusta di un sogno.

Riposi la chitarra dentro la custodia. Nessuna parola fu pronunciata da entrambi. Giuseppe mi accompagnò alla porta, come un gesto di dovuta galanteria. Aprì la porta concedendomi il diritto a un arrivederci al successivo fine settimana. Non so perché, ma lo ricambiai con una stretta di mano che nascondeva il disagio di parole che non erano riuscite a trovare un punto di intesa. Il silenzio riesce sempre a dare le risposte alle domande mai poste.

7

Viaggiare sui treni concede il privilegio di liberare la mente su pensieri che fanno parte del proprio quotidiano. Con un costo molto contenuto, oltretutto. È come una terapia con la quale molti psicologi hanno speculato sulla debolezza umana per trasformarla in fonte di guadagno. Con la differenza che, sedersi dentro un compartimento preferibilmente vuoto, il paziente e il medico coincidono e nessuno mostrerà la parcella alla fine della seduta. Mi ritrovai in questa situazione dopo essere salito sul treno e ad aver occupato uno dei sei posti liberi. Scelsi quello accanto al finestrino, posto in direzione contraria rispetto a quella del treno. Mi era sempre piaciuto guardare il paesaggio che mi lasciavo dietro, piuttosto che quello che mi aspettava avanti durante la corsa del treno. Come spesso capitava, a maggior ragione dopo uno scontro verbale con un amico, cominciai a scrivere ispirato dall'emotività del momento che le dure e decise parole di Giuseppe avevano suscitato. Quando mi lasciavo andare alla scrittura, non seguivo mai una logica che mi ricollegasse ai discorsi affrontati pochi minuti prima. Ne uscivano pensieri sciolti a macchiare le pagine, mentre la mente cercava rifugio scacciando accenni di rancore e di stizza per concetti non espressi per la troppa tensione. Una fuga ponderata, spinta da una voglia improvvisa di scacciare il passato per concentrarmi in un futuro che non ambivo neanche potesse essere migliore. Restai con la bic a mezz'aria, come un segnale di un blocco creativo che non riuscii a gestire. Il vento forte di scirocco arricciava il mare con lampi di onde che, a tratti, illuminavano quella massa d'acqua annerita dalla sera ormai dominante. Guardavo quel panorama monotono con la giusta distrazione per non farmi coinvolgere completamente. L'alienazione ovattata all'interno di quel vuoto compartimento che sembrava nessuno avesse brama di oltraggiare, mi riportò alla breve interpretazione da invadente osservatore della vita altrui che Pippo mi aveva cucito addosso sapendo che non avrei opposto particolari ostacoli al suo intento.

Mi concentrai sulle successive scoperte che avrei potuto esaminare nell'immediato futuro, deciso a farmi guidare ancora dentro un passato già violato dalla curiosità e dall'idea di mettere subito in pratica quel desiderio di dedicarmi a incombenze più appaganti, unico vero punto di pensiero condiviso dall'incontro con Giuseppe. Mi prese la folle frenesia di accelerare il tempo e immaginai per un attimo la possibilità di sfruttare i miei progressi sportivi, colmando la distanza che mi separava da casa scendendo alla successiva fermata per cominciare a correre. Sorrisi alla bizzarria di quell'inconcludente e inattuabile progetto che la mente ipotizza senza controllo, quando le concediamo la libertà di scollegarsi dalla razionalità. Alcune gallerie mi riportarono a una più comoda realtà e attesi pazientemente che il treno si concedesse le sue pause di stazione in stazione. L'arrivo alla mia agognata discesa dal convoglio mi prese quasi di sorpresa, rassegnato ormai a contare i minuti di ritardo di una tabella di marcia poco rispettata, più nella mia fretta di giungere a destinazione che nelle mani del macchinista.

Era l'orario del rientro a casa dei lavoratori pendolari che quotidianamente si lasciavano trasportare sui convogli locali tra i paesi della provincia e il capoluogo. Addormentati o prolissi, mi era capitato spesso di ascoltarli alla stazione in attesa della campanella che annunciava l'arrivo del treno. L'esperienza si ripeteva al rientro, quando il ritorno verso casa narcotizzava le istigazioni del mattino a scambi d'opinione, spesso senza ritorno. Accucciati sui sedili, si perdevano in letture annoiate o brevi riposini, sballottati dalle divagazioni del treno tra una fermata e l'altra. Anche quella sera feci compagnia a qualche paesano che vidi scendere i gradoni di metallo indirizzandosi in silenzio verso l'uscita della stazione. Come altrettanto spesso capitava, occorreva attraversare il binario con un tono di infrazione assecondata dal personale ferroviario, in attesa che sullo stesso transitasse il treno in coincidenza. Un giorno il doppio binario eviterà questo azzardo. Era la frase che a turno i passeggeri pronunciavano, quasi a darsi e a dare coraggio a quei compagni di viaggio vintage. Ci scappava sempre qualche risolino sarcastico ad approvare la battuta, quasi a rammaricarsi di non averla pronunciata per primi. La sera sedava qualsiasi altra rivoluzione verbale e il viottolo, sempre poco illuminato, che conduceva sulla via principale che riportava tutti a casa era sufficiente per placare gli animi e rinviare la diatriba al giorno seguente. Sorrisi con me stesso mentre auscultavo i passi sul selciato, quelli degli altri che si dissolvevano ad ogni metro percorso, quelli miei ancora una volta tentati a mangiarsi il marciapiede scattando come da un blocco di partenza. Rinunciai allo scatto ma la camminata sostenuta non mi impedì di raggiungere la piazza in breve tempo. Francesco mi venne incontro, l'espressione degli occhi di chi aspettasse quel momento da troppi minuti. Non riuscii subito a tradurre quello sguardo, rimanendo nel dubbio che nascondesse preoccupazione, più che un eventuale entusiasmo. La mia camminata veloce unita alla sua decisa accelerata ci condusse a contatto in poco tempo. Francesco era perennemente innamorato e sempre disposto a coinvolgermi nelle sue angosce giovanili. Mi utilizzava come una sorta di confessore con il quale si dilettava a raccontare i suoi tormentati rapporti sentimentali, ma quella sera i suoi occhi non trasmettevano la luce euforica che annunciava l'argomento.

"Ci hanno aggrediti in tre" – Francesco non attese neanche un mio cenno di domanda per mettermi subito al corrente delle novità. Solo in quel momento notai un livido che percorreva le nocche della mano destra. Occorre fare una premessa: Francesco aveva una tecnica di combattimento, che definire personale non era sufficiente per descriverne la bizzarria. Cercava da subito il contatto fisico con l'avversario con l'obiettivo principale di avere a portata di mano le parti intime dello sfortunato malcapitato. In una frazione di secondo lo colpiva con il dorso della mano piegandolo in due per l'improvviso dolore.

"Aveva una catena al posto della cintura, quel testa di minchia..." – Francesco ancora una volta anticipò con una risposta la mia domanda.

"Il colpo lo ha sentito però" – provai a replicare al fervore che il tono della sua voce non riusciva a camuffare in calma controllata.

"Erano tre, sono apparsi mentre facevamo due tiri a pallacanestro. Ero con Fabio in attesa di Carmeluccio che, come al solito, era impegnato a soddisfare l'ennesima richiesta della madre".

"Ma dove eravate? Nel nostro cortile o nella loro palestra?" – mi accorsi subito di quell'involontario riconoscimento di proprietà fuori luogo e lo sguardo perplesso di Francesco mi suscitò un leggero imbarazzo.

"Continuerò a frequentare quella palestra come se fosse mia e nessuno me lo potrà impedire fino a quando ne avrò voglia" – Francesco tenne a precisare le sue future intenzioni e la determinazione a non farsi condizionare da qualsiasi atto di arroganza ci saremmo trovati di fronte.

"Non volevo mostrare un atteggiamento arrendevole, non era mia intenzione" – mi sembrò giusto replicare per sfatare qualsiasi dubbio di rassegnazione che Francesco avesse ipotizzato nei miei confronti. La realtà era che qualsiasi episodio rischiava di prolungare quello strano stillicidio. Tra un passaggio e l'altro di un'ipotetica proprietà rivendicata di quella palestra, smentita puntualmente da una nuova situazione che spostava il peso della diatriba da un lato all'altro della nostra infantile espressione di dominio nella quale, non riuscivo a vedere più la differenza tra una manifesta prepotenza dei nostri antagonisti e un'ipocrita raffinatezza da parte nostra nel gestire le sempre più frequenti dispute fisiche che, di volta in volta, ci toccava affrontare.

Francesco non aveva la stessa percezione di quei continui episodi di violenza gratuita. Del resto non l'aveva mai avuta dall'inizio. Non accettava di subire un sopruso dal quale non riusciva a difendersi solo verbalmente. Era stato tra i primi di noi ad avere accettato la necessità di sotterrare gli scrupoli e ripagare l'arroganza con la stessa intensità veemente pur di non cedere passivamente. Non che gli altri si fossero mai mostrati più remissivi, ma Francesco palesava con più vigore la risposta ferma e forse doverosa a chi pretendeva dominare una situazione, utilizzando la violenza, spesso per penuria di capacità oratorie. Francesco, poi, veniva da un'esperienza di vita e familiare particolarmente originale. Figlio di un attivista politico del vecchio partito comunista, aveva seguito sin da ragazzino le diatribe verbali e gli scambi d'opinione che il padre e altri seguaci di un ideale si scambiavano all'interno di una sezione. Un luogo dentro il quale giocavamo a fare gli adulti seduti ad ascoltare qualche adolescente di età e di carisma maggiore, tra un discorso rubato da qualche pagina di uno dei tanti libri esposti negli scaffali e una canzone di Guccini che ci faceva sentire rivoluzionari.

L'indole politica di Francesco aveva contagiato un po' tutto il gruppo e, in occasione delle tornate elettorali per eleggere il nuovo sindaco, ci trovavamo spesso in mezzo a comizi di piazza, più improvvisazioni folcloristiche di paese che reali descrizioni di programmi politici da realizzare. Durante le operazioni di voto, raccoglievamo le emozioni e le reazioni, o almeno quelle che ci sembrava percepire dagli sguardi dei contendenti, e correvamo a riferire le nostre interpretazioni come scoop giornalistici che avrebbero dovuto garantirci chissà quale ricompensa. Pensavo a tutto questo mentre Francesco tentava di descrivermi i dettagli dell'aggressione subita. Quasi deluso, abituato ai suoi due argomenti di discussione principali, la politica e le ragazze, in ordine sparso in base all'ispirazione del momento, mi sembrava eccessiva questa sua eccitazione e rabbia soffocata che lo costringeva ad affrontare un dialogo con me utilizzando un argomento nuovo e imprevisto. Decisi, pertanto, di non replicare alle sue esternazioni, temendo di condurre la discussione in un'altra diatriba verbale, dopo quella appena vissuta con Giuseppe e non ancora smaltita.

"Non so come la pensano gli altri. Non sono sicuro nemmeno di come la pensi tu al riguardo, ma non sono disposto a farmi condizionare dai loro attacchi e a rinunciare all'utilizzo di quello spazio ogni qualvolta ne avrò voglia" – continuò nel suo monologo con il tono di chi cercava di comunicarmi che, anche se non fossi stato dalla sua parte, avrebbe in ogni caso continuato quella che sarebbe diventata una sua battaglia personale.

"Anche se la faccenda dovesse superare questa sorta di situazione equilibrata e alternata e ci... mi dovesse costringere a scontri più violenti per difendere le mie ragioni, non mi fermerò davanti a niente".

Avrei preferito che avesse avviato, come al solito, uno dei suoi racconti di viaggi, frequenti anche grazie all'attività politica del padre, delle ragazze conosciute, spesso figlie di qualche collega del padre, trasformate dalla sua frenesia in amori impossibili e di passeggiate interminabili sul marciapiede della piazza, con le quali mi rendeva complice di un'adolescenza che non era "né carne né pesce", come gli adulti del tempo amavano denigrare la nostra età sufficientemente matura per rimanere ore, mai del tutto contate nell'interezza, a scambiarci pensieri nei quali riconoscere un destino comune di crescita e di disagio. Francesco, però, aveva monopolizzato quel monologo con uno sfogo sincero che probabilmente covava da tempo e che, come in altre occasioni, aveva deciso di confidarmi cercando più uno abbandono amichevole che un tentativo di rendermi partecipe.

Intanto, da diversi minuti avevamo percorso avanti e indietro quel tratto di marciapiede, a noi fin troppo familiare. A ogni svolta, distrattamente volgevo lo sguardo verso il palazzo nobiliare che avevo spiato insieme a Pippo, sperando di poterne svelare qualche segreto da condividere con gli altri e che mi avrebbe riconosciuto un ruolo esclusivo e di privilegio, neanche troppo ambito nei miei intenti. Anche con Francesco la tentazione di raccontare qualche accenno sulla vita rubata all'anziana signora o, quanto meno, lo sterile tentativo ostentato insieme a Pippo, mi aveva indotto più volte a interrompere la discussione e deviarla verso l'argomento che in quegli ultimi giorni, si era annidato nella mia mente. L'ostinazione di

Francesco nel provare a esternare tutta la rabbia che sentiva dentro, mi impedì qualsiasi velleità e mi affidai remissivo al ruolo di ascoltatore attento e silenzioso. Una scelta, trasformata in necessità per assecondare l'amico.

8

Come guardare il mondo attraverso le sbarre di un cancello. Afferrare sacchi di juta con degli uncini metallici e non conoscerne il contenuto. Tutto appare come racchiuso per sempre, un'illusione di custodia. Una protezione che garantisce sicurezza, maggiore arroganza nell'osservare e giudicare chi potrebbe farci del male. Non occorre conoscere i motivi, la forza con la quale saranno disposti a colpire, il momento in cui si potrà decidere di scappare o restare per scoprire come finirà. Non percepire la realtà come si è pensato di poterla immaginare un minuto prima. Un giorno, un anno, una vita intera prima che qualcuno, con un gesto inconsulto, non previsto, improvviso e, forse, anche violento, riporta tutti alla cruda realtà. Né carne né pesce, come un'accusa da accettare passivamente. Sentenza d'esperienza messa al servizio di una nuova generazione che attende di essere indottrinata a dovere. Come se non attendesse altro, sin dalla nascita. Mi vedevo lì, solo, dietro quel cancello arrugginito, in attesa che qualcuno mi dicesse quando sarebbe stato il momento di muovermi. Un blocco di partenza da lasciarsi alle spalle, dopo uno scatto felino ad anticipare l'avversario. Mi ripetevo a memoria i movimenti. La lenta preparazione in movenze rubate all'idolo del momento. I passi numerati fino al fil di lana. Lo sguardo sbieco a cercare l'ombra di un rivale da lasciare dietro, anche soltanto di un solo millesimo che decreta la vittoria. Avevo raccolto la sfida. Lanciata qualche mese prima da un ex compagno di giochi. Smilzo quanto basti per riconoscergli una vulnerabilità. Leggero per temerne una esplosiva velocità mai raggiunta, nonostante gli allenamenti stremanti. Sarcastico con un sorriso sornione stampato sul volto, a esternare un epilogo già segnato. C'era già stata una precedente sfida. L'anno precedente in occasione della selezione per i Giochi della Gioventù, organizzati nelle scuole. Ci eravamo ritrovati uno accanto all'altro, corsie centrali, polverose come non mai, ricavate dal terreno battuto di un campo da calcio di terza categoria. Dovemmo scavare quasi a mani nude le tracce dei blocchi di partenza. Ero scattato con una rabbia istintiva a sostenere l'adrenalina da scaricare in quella manciata di secondi fino all'arrivo. Fui avanti fino ai 90 metri, con gli occhi sbirciai le corsie di lato per nutrire conferme. Solo nel metro finale, un leggero soffio sulla destra, come un improvviso spostamento d'aria mi rivelò un finale inaspettato. 11 secondi e 10 centesimi, il mio personale. 11"09, il suo tempo vincente. Adesso eravamo nuovamente di fronte, a provocarci con mimiche facciali che nascondevano la tensione. Qualche ora prima avevo ripercorso le azioni scaramantiche che eseguivo da anni prima di una gara ufficiale. Ero andato come al solito al bar sotto casa. Mi ero avvicinato al juke-box in cerca della canzone che avrebbe ispirato, e perché no, avrebbe accompagnato la mia corsa fino al trionfo. *Sotto il segno dei pesci* era la canzone che mi si era conficcata in testa da qualche mese. La selezionai sulla tastiera. Poi, "Ti ricordi quella strada, eravamo io e te, e la gente che correva, e gridava insieme a noi...", i versi più adatti per descrivere una gara di velocità su un'altra polverosa strada di paese, durante una ventosa giornata, io contro tutta la paura del mondo racchiusa in cento metri di falsa gloria.

Mi riscaldai saltellando velocemente sullo stesso decimetro quadrato, fingendo di assorbire concentrazione. Non ricordo neanche l'attimo in cui dalla posizione di partenza mi ritrovai a calpestare il selciato con tutta la forza e la velocità che i mesi di allenamento avevano accumulato nelle gambe. Forse ad occhi chiusi, non ricordo. Contai i passi che mi lasciai dietro, secondo dopo secondo, come se questo centellinare potesse abbreviare il tempo e spegnere la tensione. Sorpassai il traguardo senza conoscere l'esito. Fabio mi rivolse lo sguardo non riuscendo a sminuire l'apprensione. Nessun alito di sconfitta sentii sfiorarmi le guance. Poi ricordo solo la voce urlante di Fabio che correva verso di me con il cronometro stretto tra le mani, alzate in aria in segno di gioia incontrollabile. 10"80... 10"80...10"80... gridò tre volte per convincere sé stesso, il mio avversario e me. Sotto gli undici secondi, come ripromesso. Non mi sarei aspettato tanto. Rimasi immobile soffocato dall'abbraccio dell'amico, incosciente a sufficienza per non sentire i complimenti del mio storico avversario e la sua mano a stringere la mia. "18 anni sono pochi, per promettersi il futuro, ma tutto quel che voglio, dicevo, è solamente...", le parole di Venditti che tornavano a incrociare la mia vita e i miei sogni. Non li avevo i 18 anni della canzone, ma la promessa di un futuro da velocista sulle piste in tartan del mondo. Con i miei 10 secondi e 80 centesimi d'ambizione, le mie diatribe da cortile e quelle di altri quattro "né carne né pesce", una canzone strimpellata su una chitarra troppo spesso scordata, avrei preso a morsi la strada, le arroganze, le paure bevendo salsedine di mare nelle ore isolate del mattino, in corsa o in fuga, dentro scarpe incollate sull'asfalto troppo caldo, illudendomi che niente e nessuno mi avrebbe fermato. Mi sganciai dall'abbraccio di Fabio, ancora euforico dal risultato del quale se ne riconosceva una parte dei meriti, e raggiunsi il negozio di Pippo convinto di dover scrivere un altro capitolo di quella storia lasciata a metà. Le notti di un'anziana signora, da spiare in rispettoso silenzio e la voglia infantile di immergersi in un segreto nascosto, dove trovare rifugio per il resto della vita.

Fu come proseguire la corsa, cento metri che potevano trasformarsi in una gara di mezzofondo. La porta finestra del negozio era semi aperta. La spinsi con l'eccitazione di chi non può fermare il momento, ma deve soddisfare l'esigenza di trasmetterla ad altri. Altri era Pippo e quella sua voglia repressa di scoprire nuove storie alle quali aggrapparsi. Farmi coinvolgere ancora una volta l'unico pensiero in quel momento. Farfugliai un impastato "sotto gli undici..." che l'amico recepì a fatica, ancor meno interpretò la mia rivelazione. Era intento a sfogliare un libro dentro la camera scura, illuminato dalla luce rossa, sembrava un agente segreto intento a decifrare un documento. Talmente assorto nella lettura che si affidò all'esperienza tra le bacinelle, liquidi rivelatori, fissativi, negativi, stampe e tutte le alchimie sparse in quella piccola stanza dei miracoli. Lo spazio così ristretto che non potevo avvicinarmi oltre qualche passo. Pippo leggeva e ogni tanto bisbigliava qualche passo, come a volermi rendere partecipe della sua necessità di approfondire le conoscenze raccolte tra gli scaffali della biblioteca.

"Adesso so chi è quella donna" – pronunciò queste parole senza distogliere lo sguardo dalle pagine – "Non è stato difficile avere qualche informazione. Ho sfruttato la confidenza che si acquisisce con la gente dopo anni di sviluppi, consigli e foto catalogate accanto ai rullini ritagliati".

"Di chi stai parlando?" – fu il mio modo di fermare un attimo il tempo e consentire a Pippo di preparare la replica. Conoscevo bene i contorni della figura che si ricostruiva in mente con le sue parole. Ero lì, dentro quello stanzino di immagini nascoste, unico motivo per quella mia visita improvvisata.

"La donna con i capelli bianchi, chi altro sennò?" – non aveva alcun tono di rimprovero quella che in definitiva non era neanche una domanda. Pippo tentennò ancora un attimo, prima di proseguire. Si soffermò su qualche passo del libro che riusciva a divorare ascoltando contemporaneamente le mie tentennanti richieste di spiegazione.

"È una specie di cameriera, certo forse troppo attempata rispetto all'idea che si ha su chi svolge questo lavoro. Sarebbe più giusto definirla una dama di compagnia. Anzi, è proprio il modo migliore per riconoscerle un ruolo. È come riportare le lancette del tempo indietro, neanche troppo a ritroso. Sufficientemente per comprendere che quello che viviamo ogni giorno con eccessiva disattenzione, non è altro che l'origine dei nostri pensieri, delle nostre azioni quotidiane, dei sogni che gli adulti si ostinano a definire *carusate,* come se di queste ambizioni adolescenziali non se ne fossero nutriti anche loro alla nostra età".

Ero indeciso se interromperlo inserendo una domanda ogni tanto che pensavo lui si aspettasse da me, come una spalla che suggerisce al comico la successiva battuta. Non riuscivo a interpretare fino a che punto Pippo volesse realmente un mio intermezzo o se, più semplicemente, preferisse centellinare il suo monologo con le giuste pause, i tempi quasi recitativi di un attore collaudato dall'esperienza. In un brevissimo arco di tempo, mi ritrovavo davanti allo stesso dilemma, se rimanere in rispettoso silenzio ad aspettare la fine del racconto o, piuttosto, fingere di partecipare alla discussione come se fossi già al corrente delle novità. Mi era già successo con Francesco, mentre ascoltavo i dettagli dell'aggressione subita alla palestra. Adesso era come replicare una scena già vissuta nella quale erano soltanto cambiate le battute, all'interno di uno stesso copione nel quale cercavo di capire quale fosse il mio ruolo. Scelsi anche quella volta di tacere.

"Non vive in quella casa, nel senso che ci trascorre diverse ore, ma la sera torna dal marito. Non abita lontano dal luogo di lavoro. Sono anni che svolge questo compito con metodicità e monotonia. Rimane il tempo necessario per portare a termine quelli che considera essere ormai degli obblighi reverenziali, poi quasi di nascosto esce da una porta secondaria e torna a casa sua. Il marito l'aspetta con il sufficiente distacco di chi le riconosce il dovere di donna di famiglia che deve cucinare, rassettare alla meno peggio e rimanere in silenzio, specialmente quando il televisore è accesso e sintonizzato su qualche evento sportivo che l'uomo, quasi in modo maniacale, segue dal primo all'ultimo minuto".

Mi sembrava incredibile che fosse riuscito a impossessarsi di tutte quelle informazioni in così poco tempo. Non che quella donna potesse effettivamente o realisticamente custodire intimità della propria vita privata che un piccolo centro abitativo potesse ignorare. Non era credibile, troppi anni su quei capelli bianchi e pause di confidenze da scambiarsi dentro piccoli negozietti, magari uno dei tanti che io e Carmeluccio andavamo a visitare durante le mattinate estive. E i *cuttigghi* per le strade di paese a condividere sacrifici di vita senza ricompense con altre donne accomunate dallo stesso destino, nostalgie di anni di gioventù andata che, agli occhi dei giovani come noi, sembravano non fossero mai esistiti, come se fosse possibile che queste persone fossero nate già vecchie, esentate da qualsiasi emozione, sogno, ambizione e tutte quei sentimenti che pensavamo essere esclusivi della nostra vita che, chissà perché, giudicavamo sempre unica e privilegiata. Pippo, con una strategia che ignoravo e non riuscivo neanche minimamente a immaginare, era riuscito a stuprare il passato dell'umiltà che si fa donna, dallo sguardo stanco rivolto a quel selciato impolverato dal vento, quelle mattonelle sulle quali imitavo il primatista mondiale dei 200 metri piani, lei e la sua personale corsa alla vita, o alla morte ai nostri occhi, da casa sua a quel lavoro di sfruttamento e di silenzio che, a quella età non si può rinunciare. Essenza di un motivo di esistenza, spacciata per rassegnazione.

"Sta a servizio di una nobile decaduta" – Pippo riprese a elencarmi le informazioni con maggiore enfasi, mentre si concentrava sulle pagine del libro, soffermandosi a leggere qualche riga, tornando a scatti a rileggere un passo precedente, a volte anche sottolineando qualche parte che riteneva più importante.

"La nobildonna dovrebbe essere una discendente di un personaggio storico del paese, ma non ti dirò altro fino a quando non avrò raccolto tutte le informazioni. Tu, intanto, organizza una riunione con gli altri. Il giorno te lo comunicherò quando mi sentirò pronto".

Incredibile come qualsiasi discorso intrattenuto con quel "altri" a cui si riferiva Pippo, appariva adesso inutile e superato dagli eventi. Mentre si discuteva sulle eventuali opportunità che l'inserimento di Pippo nel gruppo avrebbe apportato, mentre opinioni contrastanti si accavallavano con tesi e ragionamenti da adulti, innalzando il livello delle discussioni alla banalità e ipocrisia delle menti pensanti che, a detta loro con l'esperienza, erano nel diritto di giudicare le nuove generazioni. Mentre ripercorrevo a mente i litigi verbali con Giuseppe, gli sfoghi repressi di Francesco, le perle di saggezza di Carmeluccio e rivedevo con orgoglio il cronometro di Fabio fermo su quel tempo di riscatto, racchiuso in quei 10 secondi e 80 centesimi, Pippo era già entrato a far parte di quelle nostre sane follie giovanili e con un ruolo ben più alto di quanto fossimo disposti a riconoscergli.

9

Era ricominciata la scuola nel frattempo. Nel solito modo in cui ogni anno ci si ritrovava dietro un banco ricamato dall'anno precedente, a perdersi in un pensiero di lotta da combattente sognatore che sfugge una realtà fastidiosa attraverso un finestrone di aula, mai troppo linda per schiarire i pensieri e un personale senso della vita. I mentori a vomitare conoscenze, più o meno attendibili, e quella storia raccontata a metà dalle parole spezzate di Pippo che faceva già parte di me. Condividere un destino di un altro essere umano non è solo scalfire anni custoditi nella nostalgia. È qualcosa di più profondo. È rivivere i ricordi che trapelano dai sorrisi smorzati da una stanchezza del vivere. Quegli occhi appassiti che guardano le nuove generazioni, contraddicendo un luogo comune che si trucca di futuro e di speranze da coltivare per un ipotetico mondo migliore. Un anziano se ne fotte di un futuro migliore e di vestire di speranza un giovane arrogante e ambizioso che osserva nei momenti delle proprie pause di distrazione. È invidia. Solo e semplicemente invidia. Manifestata in modi diversi, secondo sentimenti variegati che riaccendono un passato per ogni sguardo giovane osservato. Per ogni urlo, strattone, inutile pianto di un capriccio che nessuno avrà mai voglia di soddisfare. Perché forse in quegli ottanta anni di *pizzicotti nto stomacu* che sono serviti a metabolizzare il dolore e la delusione, rimane sempre un rimpianto e una falsa rassegnazione che tutto questo finirà, in un momento imprecisato, senza alcun preavviso. E allora torneranno in un abbaglio che confonde, che scuote un equilibrio che si ostinano a chiamare saggezza, quelle malinconie anche di frazioni di tempo che hanno avuto il sapore della sofferenza, della solitudine e di tutto quello che la mente, lentamente, ha accatastato in un angolo ben definito della memoria per riproporcelo con precisione svizzera in quell'attimo imprecisato, senza preavviso, quando comprenderemo realmente il nostro attaccamento alla vita.

Ero frequentemente rimproverato per le mie fughe dalla realtà. Qualche compagno le metteva in pratica più del mio coraggio di rivoluzionario avesse la sfrontatezza di assecondare. Evasioni improvvise attraverso quei finestroni che guidavano i miei sogni, imprudentemente lasciati spalancati a raccogliere quel barlume di calore di fine stagione che sarebbe sparito nelle settimane successive. Durante la ricreazione, ogni tanto, qualche studente senza *necessità di educazione,* sicuramente ancor meno di un *controllo mentale,* scavalcava quella vulnerabile barriera ideologica che un muro basso possa rappresentare e si librava in una corsa che definirla folle, è solo una povertà di fantasia nel cercare attributi più calzanti. Francesco lo fece una volta in compagnia di un irriverente compagno di scuola, in un gesto che sconvolse la normalità e uno scontato rispetto delle regole. La notizia passò come una leggenda metropolitana, difficilmente accostabile alla figura di Francesco, in ambito scolastico sempre ineccepibile e con una immagine da bravo ragazzo da difendere. Sorrisi a quel pensiero mentre l'ennesimo professore provò anche quella volta a riportarmi all'attenzione delle sue gratuite perle di saggezza. Non ebbi comunque mai la certezza che Francesco fosse stato realmente il compagno di evasione che, forse sbagliando, gli riconoscevo più come una caratteristica empirica al di fuori del contesto scolastico.

All'uscita di scuola, un percorso inverso verso casa era l'occasione per ricompattare un gruppo parallelo di amicizie, quelle che vivevano nei mesi scolastici per tornare in letargo ai primi caldi di maggio. Ci si ritrovava seduti al muretto che delimitava il confine tra il mare, pronto a rimpossessarsi del suo spazio durante le mareggiate autunnali, e la mia personale pista di atletica. In attesa del solito ritardatario, si sfidava l'onda schiumosa che avvolgeva la battigia, oltre alla nostra infantile spavalderia. Recuperati i ritardatari, ci si avviava verso casa, con le consuete tappe degne della più mistica via crucis, mano mano che qualcuno del gruppo giungeva a ridosso della propria abitazione. Avevamo sempre la sagacia di annullare, in quel percorso obbligato, qualsiasi collegamento alla giornata scolastica appena vissuta da ognuno di noi. Ci concentravamo piuttosto nelle personali rivisitazioni dell'estate appena finita. Erano vere e proprie ricostruzioni fantasiose di tre mesi, durante i quali, la monotonia si spacciava per evento eccezionale e le avventure erano raccolte in interminabili giornate di spiaggia e sole che anneriva l'epidermide più di quanto non avesse già fatto la natura alla nascita. Molte, forse tutte, di quelle giornate si chiudevano con il sole ad abbronzare il tramonto dietro l'Etna, mentre la polvere sollevata dalle nostre interpretazioni calcistiche di un primordiale *beach soccer* si attaccava al sudore, costringendoci a correre verso il mare a fine partita e a purificarci l'estrosità giovanile, avvolti in asciugamani umidi con i quali provavamo a riscaldarci appena usciti dall'acqua. C'era una complicità mai sottoscritta, nata e sviluppata da semplici contatti umani che iniziavano con le età scolastica e, in quei piccoli gruppi sociali che frequentavamo, era destinata a durare nel tempo. Nelle esperienze che condividevamo, giornalmente, tra gli echi delle aule scolastiche dove si scambiavano risate, silenzi forzati da concetti didattici troppo in fretta dimenticati, incazzature che a volte sfociavano in litigate, capaci nonostante tutto di rinsaldare rapporti di amicizia, o di ciò che credevamo potesse essere vissuta come un premio a un'apertura mentale. A volte erano anche discorsi che sfociavano in prese di posizione su argomenti che diventavano oggetto di dialogo, solo perché indotti dai discordi degli adulti che ci capitava di ascoltare seduti alle tavole familiari. Si rivendicava un'ideologia che non avremmo mai pensato diventasse nostra, distratti dalle fantasie adolescenziali. Ci spingevamo a parlare di politica, di partiti da difendere e sostenere, senza un'idea precisa su queste disquisizioni che si perdevano nelle urla dei corridoi e nel ritorno a una realtà più congeniale all'età. Francesco era uno dei promotori di questi discorsi, specialmente nei periodi che coincidevano con imminenti elezioni amministrative del paese. Addentrato più degli altri, provavo a seguirlo in quel gioco degli adulti con il quale l'etica e i progetti per un futuro migliore, che coinvolgesse un'intera comunità, illudeva me e tantissimi coetanei su una buonafede che riuscivamo ancora a riconoscere alla generazione dell'esperienza dei nostri genitori.

I pomeriggi del doposcuola, nei primi mesi, mi consentivano di dedicarmi ai miei allenamenti. Le temperature di inizio autunno, ancora tiepide e invitanti, riuscivano almeno in parte a distrarmi dalle sollecitazioni evasive che le parole di Pippo, incise e riaffioranti nella mia mente, disturbavano una innata riservatezza nell'addentrarmi eccessivamente nella vita delle persone. Assumevo un atteggiamento di chi preferisce sfuggire alla realtà per la troppa bramosia di svelare la fine della storia. I pomeriggi erano meno catturanti delle albe delle settimane precedenti, il sole tramontava dietro l'Etna e un'inquietante penombra invadeva il lungomare. A volte avvertivo un senso di anticipato freddo, quasi ad annunciarmi il già addentrato autunno che avrebbe a breve manifestato l'uggiosità di un ritorno alla vita normale, lontano dalle assonnate ore estive, trascorse all'ombra di barche di legno pronte al varo, come un'altra fuga dalla monotonia degli inverni di paese, contrastata dalla vivacità innovativa che i fonemi al di là dello Stretto riuscivano a solleticare. Gli allenamenti autunnali li svolgevo quasi sempre da solo. Il mio allenatore personale, Fabio, subiva l'influsso e le minacce della madre che lo costringevano a dedicarsi a tempo pieno allo studio, mai del tutto assecondato da parte sua con eccessiva passione. Soltanto la domenica ci ritrovavamo sulla mia pista personale a sondare gli eventuali progressi che Fabio, con devozione e orgoglio, registrava sul suo cronometro, alternando espressioni di stizza a parole stimolanti da contrapporre alla mia delusione. Eseguivamo questo rito di falsa professionalità atletica da parte mia, unita al compiacimento di Fabio di sentirsi utile e di poter sfoggiare quell'oggetto miracoloso che teneva gelosamente al braccio. Un quadrante eccessivamente generoso si mostrava senza troppe occultate reverenze da quel polso esile e inadatto a ospitarlo. Era come notare quel particolare marchingegno, prima ancora della stessa figura dell'amico, non molto invadente a dirla tutta, che quasi spariva davanti agli occhi degli altri, più curiosi di raccogliere i segreti di quel prodigio della meccanica, che da un effettivo piacere di fermarsi a dialogare con Fabio, raramente così prolisso come ci si sarebbe aspettato.

Con Fabio non c'era soltanto questa complicità sportiva, spesso ci ritrovavamo a casa sua. Chiamarla semplicemente casa era un'offesa involontaria nei confronti dell'architetto che l'aveva progettata. Le pareti bianche, evidenziate da un intonaco spesso che tempo dopo avrei imparato a chiamarlo rustico, spiccavano dal resto del contesto delle altre abitazioni. Era stata costruita proprio accanto al negozio di elettrodomestici dalla cui vetrina mi fermavo a guardare l'atletica leggera ogni qual volta se ne presentava l'occasione. Non molto distante neanche dalla nostra palestra improvvisata che ospitava il canestro/fustino. Nei pomeriggi piovosi del dopo studio, quando la scuola era ormai l'impegno quotidiano e monopolizzante delle nostre giornate, ci ritrovavamo in un immenso salone dove in uno degli angoli della stanza faceva sfoggio un impianto stereo a torretta, anche questo un termine che col tempo avrei utilizzato più di quanto avrei mai immaginato di fare. Un oggetto misterioso e accattivante, parallelepipedi color argento, manopole di controllo come un quadro comandi di chissà quale stanza dei bottoni. Fabio, cerimonioso come lo era anche quando si travestiva da cronometrista personale al mio servizio, premeva con i pollici le due ante di vetro poste a protezione dell'impianto, facendo scattare l'apertura di quelle porte disattivando di fatto le calamite che fungevano da chiusura. Un altro gesto sincopato sul pulsante *power* e una miriade di lucine colorate illuminavano la penombra dentro la quale amavamo rifugiarsi per apprezzare meglio la magia della musica irradiata dalle casse. Fabio non aveva un vero personale gusto musicale. Il suo sfoggio era limitato alla proprietà di quel marchingegno musicale che lo metteva nella posizione di privilegiato, da invidiare e avvicinare anche per condividere quell'esclusività che rimaneva un sogno irrealizzabile per coloro come me, rassegnati a rubare le immagini di un idolo velocista dietro la vetrina tappezzata di adesivi pubblicitari dell'unico negozio di televisori del paese. Fabio ascoltava soltanto i dischi che periodicamente mi incaricavo di acquistare. Sviluppava una passione indotta verso sonorità che provava anche a canticchiare in un inglese storpiato dalla riproduzione vocale di canzoni delle quali non capiva le parole. Sì, perché erano tutti dischi di autori stranieri che Giuseppe, il maggiore esperto nel settore, mi faceva conoscere e che mi consigliava per ispirare la mia vocazione compositiva durante le strimpellate improvvisate nella mia stanza. Uno degli ultimi che avevo acquistato era un LP di Bob Marley, dopo mesi a raccattare soldi con ogni espediente, da piccole creste sulla spesa in compagnia di Carmeluccio, da giocate a Stop maneggiando carte unte e stropicciate o da moneta lasciata incustodita in casa. La copertina di quel disco mi aveva conquistato, in pratica lo avevo acquistato a scatola chiusa, affascinato da quella riproduzione grafica di un frontale di autobus disegnato in modo quasi infantile e con delle immagini che andavano a riempire dei finestrini volutamente ritagliati e sagomati dai grafici, che consentivano di vedere l'interno. Era il periodo delle contestazioni scolastiche, soffocate in iniziative troncate sul nascere che assumevano di più l'aspetto della goliardia e dell'etichetta dello studente scapestrato e pronto ad approfittare di un giorno di vacanza. E con qualsiasi scusa. Le parole di Bob Marley, restituite da quei solchi graffiati dalla puntina, che mi ostinavo di tradurre alla meno peggio grazie al mio inglese scolastico, mi avvicinavano al personaggio rivoluzionario e fuori dagli schemi, che provavo a interpretare percorrendo uno stile di vita in controtendenza che si potesse distinguere dalla media dei miei coetanei. Le rivoluzioni spesso si vivono più nei sogni che sulle strade. La vita prima o poi ci riporta tutti con i piedi per terra, ma quella non era l'età dei bilanci che si fanno dopo decenni di sabbia soffiata dal vento che si trascina anche le utopie. Erano gli anni monopolizzati da una continua ribellione e ritrosia nei confronti di schemi collaudati che non riuscivo ad accettare passivamente. Anche una insignificante palestra all'aperto, bene pubblico sottovalutato e denigrato dal resto della cittadinanza, utilizzata clandestinamente grazie allo scavalcamento di una ringhiera di contenimento, era sufficiente per accendere un orgoglio che aveva la capacità di tingersi di senso di giustizia, di opposizione alla prepotenza e di solidarietà che ci univa in un ideale comune che, guardando quelli che definivamo vecchi, avevano disperso nelle nostalgie. Era una semplice scelta di vita. Riassumere tutto quanto avrebbe determinato un probabile futuro, era solo e semplicemente una scelta di vita. Quella di rimanere a osservare con prudente distacco quanto inevitabilmente accadeva attorno. In ogni caso, nonostante qualsiasi pensiero si potesse fare in merito. Quella rivoluzione giovanile non pretendeva di impedire che le cose accadessero, l'ambiente, le case, anche quel gigante gelso al quale chiedevamo protezione, tutto cambiava prima che ce ne potessimo accorgere. Rimanere o cercare altrove possibili sviluppi diversi della vita, era solo e semplicemente una scelta di vita. Il reggae di Bob Marley, il suo ritmo stimolante, energetico, veloce come il mio desiderio di essere veloce, raccoglieva le proteste contro i soprusi e le ingiustizie, anch'esse provenienti da altre strade polverose, magari diverse, meno nobili di Kingstone, con nomi meno altisonanti, ma delle quali ce ne impossessavamo convinti che ribellarsi, dentro di noi, era l'unico sentimento che avrebbe fatto sempre la differenza con gli adulti.

"Ci saranno molto presto delle novità" – non so perché pronunciai quelle parole, proprio mentre il verso *Oh, why can't we be what we wanna be?* mi girava in testa da quando, sfruttando il privilegio che esclusivamente Fabio concedeva soltanto a me, avevo offerto il solco alla puntina posizionando la prima facciata del secondo disco di Marley. Fabio rimase a guardarmi in silenzio, aspettando paziente che mi spiegassi meglio.

"Sì, perché non possiamo essere quello che vogliamo essere?" – tradussi letteralmente l'invito di Marley contenuto nella sua *Rebel Music*.

"Lo pensiamo tutti, ma nessuno ha il coraggio di ammetterlo" – continuai il mio sproloquio ribelle, mentre Fabio si accomodò meglio sulla poltrona con l'espressione di chi, mentre ascoltava le mie parole, faceva di tutto per non perdersi le sonorità che si erano da almeno un'ora deposte sulle nostre giovani menti.

"C'è una stanchezza diffusa che ognuno di noi, da qualche tempo, manifesta in maniera diversa. Forse stiamo crescendo, ma nessuno ci aveva avvertito quando questo sarebbe accaduto. Di sicuro, il gioco della guerra ha stancato tutti noi. Quella noia, che il ripetersi delle fasi di questa faida e che pensavamo stancasse più i nostri antagonisti, ha finito per impadronirsi di noi" – continuai la mia confessione, indugiando ogni tanto su un'eventuale replica di Fabio.

"Dobbiamo fissare una riunione del gruppo. Nei prossimi giorni. Pippo ha qualcosa da dirci. Sto aspettando soltanto che mi dica con precisione quando" – troncai con queste parole il mio discorso, mentre le parole *rebel music* sfumavano la traccia di Marley.

10

Distese immense, colorate di verde. Era l'immagine che spesso mi tornava alla mente e guidava la mano che provava a creare sul foglio da disegno. Spesso al centro di un prato dalle innumerevoli sfumature, tracciavo il rudere di una antica casa in pietra. Una di quelle abitazioni rurali che osservavo talvolta durante le gite fuori paese, quelle scolastiche e quelle familiari. Mi aveva sempre dato l'idea di un simbolo di potere decaduto, lasciato all'abbandono dopo decenni di abusi e soverchierie nei confronti di una moltitudine di umili che le avevano subite. Questi caseggiati, imponenti e inattaccabili, mi si presentavano alla vista con i tetti crollati. Un particolare che collegai per molto tempo all'incuria e all'abbandono la cui mancata manutenzione fosse la causa di questi crolli strutturali, dei quali i tetti erano la parte più vulnerabile.

Qualcuno mi spiegò in seguito che fosse un espediente adottato dai proprietari per essere autorizzati a non pagare le tasse di proprietà. Ne sceglievo uno a caso che i miei ricordi imprecisi facevano tornare in vita sul foglio. In questa mia scelta ero condizionato dal confronto con le casette diroccate del nostro quartiere generale. Le osservavo ogni volta che il gruppo si riuniva, mentre ascoltavo l'intervento di uno di noi prima di avanzare una replica. Sentii il bisogno di documentare con un disegno l'idea fissa che mi tormentava in quei giorni, dopo l'appostamento con Pippo. Disegnai così la nostra collinetta, enfatizzandola allo spasimo ampliando oltre misura le dimensioni dispersive. Nel lato sinistro del foglio disegnai il nostro amico gelso. E poi quel casolare che avevamo spiato, cercando di essere il più possibile fedele alla ricostruzione architettonica che si ricomponeva dalla punta della matita. Una bramosia a scrivere mentalmente un altro capitolo di quella storia. Come se da quel disegno potessi ricevere in cambio i dettagli che Pippo continuava a centellinare, come a volere sostenere quel sentimento di mistero che innalzasse l'importanza e l'esclusività di quel racconto. Lasciai il disegno nel bianco e nero che la matita era riuscita a storicizzare. Un omaggio all'arte fotografica di Pippo.

Avevamo messo al corrente tutti di quella riunione da fissare nell'immediato futuro. L'avevamo fatto separatamente, io e Fabio, in qualche occasione sporadica che si presentava dopo l'inizio della scuola. Anche Giuseppe centellinava le sue visite di fine settimana sempre più raramente, distratto anche lui con gli impegni scolastici e di lavoro dei suoi genitori. A scuola, intanto, come un progetto ideato da un'entità superiore, il professore d'italiano aveva avuto la brillante idea di farci studiare Pirandello mettendo in scena la novella "La Giara" e affidando a parte della classe i ruoli dei personaggi. Una storia di soprusi e di potere manifestato con un diritto di proprietà ereditato dal passato. La casualità, forse non lo fu del tutto, volle che l'insegnante scegliesse me per la parte dell'avvocato che era destinato dalla penna dello scrittore a risolvere in ogni caso la diatriba raccontata. Facevamo le prove durante le ore di lezione in classe. Avevo un istinto naturale nel mettermi nei panni dell'avvocato Scimè, come se una carriera professionale mi aspettasse nel mio domani lavorativo.

Ero riuscito a entrare nei panni di quel personaggio, come avrebbe detto un ipocrita critico teatrale. Me lo sentivo stimolo di una ricerca alternativa a quello stallo che, senza particolari reazioni, ci trovavamo a vivere in attesa che qualcosa rinvigorisse gli stimoli giovanili della sana curiosità della nostra età che eravamo riusciti ad assopire.

La messa in scena del testo pirandelliano avveniva durante le due ore di lezione che l'italiano, in modo quasi scontato, rivendicava come tra le principali materie di studio che la scuola doveva garantire alle nuove generazioni. Quando fai parte di una nuova generazione, non vivi questo stato emotivo da consapevole del giudizio che, chi ti ha preceduto e che vive questa età con la dovuta nostalgia, è costretto ad affibbiarti per non smentire secoli di passaggi di consegne, illudendosi di trasmettere sempre la parte migliore dell'esistenza umana. Per organizzare il palcoscenico in classe, spostavamo tutti i banchi e le sedie delle prime file. Il professore aveva con sé una sorta di copione, che non era nient'altro che una sua rivisitazione personale e ridotta. Non conoscevamo le battute perché, di fatto, la novella non era stata letta da nessuno, a parte qualche curioso che le aveva dedicato qualche minuto a casa. Era quindi un recitare quasi improvvisato, aiutati dalla paziente attività di gobbo arrangiato dello stesso docente. Percepivo quella recita tra dilettanti come una missione da portare a termine e nel migliore dei modi. Avvertivo dentro di me che, quel gioco dell'attore, mi avrebbe lasciato una traccia che un giorno avrebbe sviluppato un sentimento etico che non avrei mai abbandonato. Come un lento ripasso di nozioni educative, basate e poggiate su un senso di giustizia da difendere e da fare collimare con le contraddizioni della natura umana. Vestire i panni di un personaggio figlio della creatività di un noto scrittore, estrapolato dalla vita vissuta che solo un osservatore dell'animo umano può smembrare da quella fitta coltre di distrazione che allontana i contatti e incita l'egoismo, come se fosse davvero possibile escludere stupidamente il bisogno di qualcuno. Ci pensavo ogni volta che confrontavo il mio sogno da gloria sportiva, da osteggiare ai miei compagni di crescita, con i traguardi già raggiunti e consolidati del mio campione da emulare. Porsi un obbiettivo, qualunque esso sia, e indirizzarsi in quella direzione, ostinata e contraria magari, ma ferma e costante, come l'unico motivo che possa giustificare un'intera esistenza.

"Sai che differenza c'è tra un giovane e un anziano?" – chiesi a Carmeluccio, mentre ci accomodavamo sulla scalinata che conduceva alla nostra palestra di basket vicino casa. Carmeluccio continuava a guardare il fustino già in precarie condizioni dopo le prime piogge autunnali.

"Presto dovremo sostituirlo, se vogliamo provare a giocare qualche partita nei fine settimana" – come al solito, diede l'impressione che non avesse ascoltato nessuna parola da me pronunciata. Poi, con la sua solita flemma da pensatore assorto dai suoi pensieri, proseguì: "Nessuna, comunque. Mi riferisco alla faccenda del giovane e il vecchio".

"Già, nessuna. Entrambi possono dire e fare qualsiasi cazzata gli salta ed essere sempre giustificati dall'età" –replicai, chiudendo il discorso.

"Perché mi hai fatto questa domanda?" – un timido tentativo di replica mi invitava ad aggiungere una dovuta spiegazione a quel cenno di provocazione. Quel giorno non spettava a me il compito di approfondire l'argomento, magari con una arringa improvvisata, degna dell'avvocato pirandelliano. Occorreva solo avere pazienza e attendere. Qualcuno aveva il compito, designato dagli eventi, di chiarire giorni di sottintesi ed eccessive riflessioni che, a lungo andare, avevano dilazionato nel tempo la decisione di spostare i nostri interessi verso incombenze più gratificanti di sterili tafferugli di quartiere. Concetti sillabati tra un discorso e l'altro, intrattenuto separatamente da ognuno di noi. Era il momento di mettere in pratica i nuovi propositi, ma i cambiamenti necessitano sempre di un leader che indichi la via e quando è il momento di avviarsi a percorrerla.

Restammo seduti nei minuti successivi, rimanendo in silenzio ognuno immerso nei propri pensieri. Almeno io, perché Carmeluccio era intento a leggere la solita copia di Topolino. Una sorta di diversivo ai suoi impegni scolastici rappresentava la giusta ricompensa dopo le ore di studio pomeridiane che la madre lo costringeva a consumare come a un obbligo di riconoscenza ai sacrifici fatti dalla famiglia per garantirgli l'educazione necessaria e una possibilità di futuro. Ogni tanto durante quella lettura si lasciava andare a un risolino soffocato. Una smorfia delle labbra, che sentiva di dover assecondare alla vignetta ironica che spesso gli autori proponevano nelle varie storie, rimaneva un unico piccolo gesto di approvazione. Alcune volte mi rileggeva a voce alta qualche battuta dei personaggi disneyani alle quali reagivo con una risata spontanea che mi facesse complice dei sogni di un amico. Stavo sciogliendo il fil di ferro che a stento sosteneva il cartone sgualcito dalle piogge dell'ennesimo fustino destinato a essere sostituito. Buttavo l'occhio ai movimenti di Carmeluccio e intorno allo slargo del nostro ritrovo. Avevo la tentazione di avvicinarmi al pozzo, sentendomi in difetto a non avere rispettato una tradizione di incontro. Era più un atteggiamento giustificato dal nervosismo dell'attesa che da una reale preoccupazione su un mancato appuntamento da parte degli altri. Il fustino si lasciò andare percorrendo quei pochi metri che lo dividevano dal selciato sotto, stranamente più asciutto del solito in quel periodo uggioso. Il tonfo e quel rumore secco sembrò il segnale dell'adunata. Come ombre vaganti e silenziose, ad uno ad uno, Giuseppe, Francesco e Fabio fecero la loro comparsa, provenendo da angoli diversi ma percorrendo gli ultimi metri in gruppo fino a raggiungerci. Qualche minuto dopo, la sagoma sorniona e dinoccolata di Pippo, che la magrezza assecondava, lentamente ritmarono il calpestare del ciottolato che dal marciapiede conduceva al pozzo. Le mani dietro la schiena, come la migliore tradizione paesana impone nelle passeggiate nella piazza del paese, un tono di mistero senza una particolare spiegazione logica. Di solito una mano chiusa ad avvolgere il polso dell'altra, mi era sempre sembrato un segno di insicurezza, una ricerca di equilibrio o di riflessione durante i dialoghi. Riflettere sulle parole pronunciate dagli interlocutori che condividono quei passi cadenzati sul selciato, in attesa del momento della risposta. Pippo non so da cosa fosse motivato in questo emulo da saggio di paese, provai a giustificarlo con un'eccessiva emozione nella fibrillazione dettata dal bisogno di liberare il segreto che in parte custodiva dentro, avendo ceduto solo una parte alla mia curiosità non ancora soddisfatta del tutto. Solo quando superò il gruppo, accostandosi al pozzo in cerca di una posizione più consona al ruolo da oratore, mi accorsi del libro stretto nella mano destra. Gli altri rimasero quasi indifferenti, come se vedere Pippo con un libro in mano fosse la cosa più normale e consueta alla quale assistere. Mi sentii parzialmente spiazzato da quella indifferenza e scarsa sorpresa da parte del resto del gruppo, dal quale mi sarei aspettato uno sguardo interrogativo e uno sconcerto non previsto di quella insolita veste del nostro amico. Ottimi attori improvvisati a nascondere qualsiasi emozione o, provavo a dare forza a questa ipotesi, la voglia collettiva di non dare eccessiva enfasi a un probabile nuovo inserimento nel gruppo che nessuno, né prima né in quel momento, aveva mai esternato come una buona notizia.

"C'è un pezzo di Storia con la quale siamo rimasti a contatto per troppo tempo senza accorgercene" – Pippo ruppe gli indugi, quasi temesse che qualche domanda imprevista potesse deviare l'attenzione di tutti dal suo intento rivelatore.

"Proprio a pochi passi da dove ci troviamo adesso, più vicino di quanto possiate immaginare" – il tono pacato, tipico in ogni occasione di oratoria, faceva a cazzotti con l'immagine del ragazzo litigioso e violento che non molto tempo prima ce lo aveva mostrato in tutte le sue sfaccettature durante il pestaggio di Carmelo *u moggiu*.

Con un movimento sincronizzato, come degli spettatori occasioni di un incontro di tennis, voltammo la testa a destra e poi lentamente a sinistra dalla nostra posizione, illudendoci singolarmente di riuscire ad anticipare l'effetto sorpresa individuando quel luogo magico e storico che Pippo aveva posto senza permesso dentro le nostre fantasie, ormai aperte e disposte a qualsiasi divagazione del racconto.

"Accanto a questo cortiletto, proprio a fianco del *circolo delle cuttigghiare,* un'antica casa barocca forse custodisce ancora un segreto che io, e se siete con me anche voi, possiamo provare a svelare" – un lampo d'orgoglio si spanse dagli occhi di Pippo che cercò di evitare di incrociare lo sguardo degli astanti. Mi sentii d'improvviso nella condizione di chi avesse già perduto quel poco di vantaggio che mi era stato concesso con l'appostamento sulla collinetta. Il meglio di questa storia era tutta da venire e me ne resi subito conto, prendendo coscienza che non ero in grado di aggiungere particolari importanti all'accenno di Pippo. Volsi così lo sguardo verso il *circolo delle cuttigghiare,* pensando a tutte le volte che in compagnia di qualcuno di quegli amici lì riuniti, eravamo andati a origliare le confidenze scambiate tra le sue frequentatrici. Il circolo era costituito da una porzione di appartamento all'interno del quale alcune donne organizzavano delle lezione di taglio e cucito, che non si limitava solo ad effettive maestranze trasmesse a giovani allieve nel tentativo di tenere viva la tradizione della sartoria artigianale siciliana, ma costituiva la metafora dei pettegolezzi e dei risolini a stento soffocati durante i racconti scabrosi che l'esperienza dell'età matura riconoscevano come diritto esclusivo di annullamento assoluto di qualsiasi inibizione. A parte quelle manifestazioni di curiosità adolescenziale, un relativo distacco era camuffato da fugaci sguardi da dedicare alle giovani seguaci che vedevamo accedere al circolo durante i pomeriggi annoiati.

"A volte la Storia si nasconde dietro un dettaglio insignificante. Un limone, ad esempio" – Pippo non indugiò eccessivamente per riprendere il discorso.

Lo guardammo con perplessità ma con una sempre più stimolata curiosità di essere partecipi anche noi di un frammento di segreto di paese che ci illudemmo di poter custodire come un'esclusiva.

"Ce n'è uno in particolare che ha attratto la mia curiosità negli ultimi mesi. Uno che ho avuto, che abbiamo avuto sotto gli occhi per anni sottovalutando l'importanza che un semplice agrume possa avere nel destino di una comunità. Del passato e del presente" – Pippo ormai parlava spedito. In alcuni momenti mi sarei aspettato che consultasse il libro che continuò a tenere seminascosto dal suo corpo. Non riuscii a catturare l'immagine della copertina, il titolo rimase un mistero al quale preferii rassegnarmi.

"Il suo nome è legato alla storia dell'Italia, a Garibaldi, ai moti rivoluzionari della Sicilia e, in particolare, proprio al Colonnello Giovanni Interdonato da cui prende il nome. Fedele colonnello di Garibaldi che, in seguito alla sua carriera militare, si ritirò a vita privata occupandosi di agricoltura e, in particolar modo, della sua passione principale: l'agrumicoltura. Frutto della sua passione è questo magnifico frutto: il Limone Interdonato ottenuto da un innesto tra un cedro e un limone autoctono dell'area Messinese della Sicilia su un portainnesto di arancio amaro. Nasce così, tra il 1875 e il 1880, il Limone Interdonato: un limone conosciuto e apprezzato in tutto il mondo per le sue caratteristiche organolettiche e per il suo aspetto" – Pippo, come una lezione imparata a memoria, recitò ad alta voce le notizie che era riuscito a reperire grazie alle sue toccate e fuga presso la biblioteca comunale.

Non era ancora chiaro il collegamento tra quel personaggio storico, accennato nel suo sproloquio, la casa spiata dal nostro appostamento, non così più segreto come percepii da quelle prime parole e, soprattutto, la donna anziana oggetto della mia curiosità. Un particolare appariva certo, ormai senza alcun dubbio, la constatazione che Pippo in pochi minuti aveva annullato qualsiasi ritrosia o reticenza sul ruolo che si apprestava a occupare all'interno del gruppo, rendendo vani i discorsi e i pareri contrastanti, almeno in parte, che ognuno di noi aveva avuto modo di esternare di recente. Se qualcuno avesse coltivato ancora qualche dubbio in merito, Pippo era riuscito a imporsi all'attenzione dei presenti con un carisma naturale che non pretendeva repliche. Ad un certo punto, senza quasi accorgersene, pendevamo tutti dalle sue labbra, in attesa che completasse la sua rivelazione e ci coinvolgesse del tutto in quello che sembrava palese fosse un piano ben studiato, da descrivere minuziosamente e da mettere in pratica non necessitando affatto di suggerimenti o altre divagazioni. Come era prevedibile, soltanto Carmeluccio si era manifestato con il solito atteggiamento silenzioso e riflessivo, rimanendo per tutta la durata della lezione storica appena ascoltata con gli occhi abbassati sul fumetto, ormai penzolante dalle sue mani. Non poteva smentirsi, faceva parte della sua natura di attento ascoltatore, ma sempre deciso a non esporsi eccessivamente, quasi a volere tutelare il suo modo di essere introverso ma curioso di tutto quello che lo circondava. Fu l'unico a non esprimere una particolare sorpresa sulle illuminazioni di saggezza che Pippo ci aveva generosamente donato. Non ci volle molto a capire che Carmeluccio avesse in serbo ulteriori particolari da aggiungere alla storia. Difficile immaginare il contrario, vista la fame di conoscenza che il "genio" del gruppo non rinunciava mai di mostrare in tutte le occasioni che, ai momenti goliardici e ludici, si potesse alternare quelli di cultura e di scambi di sapere, mai del tutto sufficienti ad appagare quelle che con ironia definiva "lacune didattiche".

"La Storia ci ha raccontato di una liberazione e di un'Unità che forse non si è mai completata del tutto" – Carmeluccio accennò una replica che, nella realtà, appariva più come un invito a Pippo a riprendere il discorso.

"Forse non tutto si è verificato come ce lo fanno studiare da anni a scuola. Qui in Sicilia forse eravamo veramente la parte ricca del Paese" – seguitò Carmeluccio nella sua provocazione – "Di sicuro, chi viveva nella merda, ha continuato a farlo e molto probabilmente dalla marcia trionfale garibaldina, le classi più povere, tra cui i contadini, subirono un peggioramento della loro condizione sociale".

"Può essere, ma forse non avremmo avuto un limone da raccontare e non saremmo qui a discuterne" – la fredda replica di Pippo non si fece attendere.

"Perché hai rinvangato dal passato questa storia?" – Carmeluccio incalzò la pressione su Pippo. Un atteggiamento che mi suggerì l'ipotesi che fosse una lacuna didattica alla quale porre subito rimedio. Non avevo mai messo in dubbio che un qualsiasi argomento, tra le più svariate divagazioni nozionistiche sulle conoscenze infinite di Carmeluccio potesse non essere contenuta nel suo bagaglio culturale. Avevo dato sempre per scontato che qualsiasi rivelazione potesse giungere dalla bocca di un docente o dalla lettura di un testo scolastico, lo fosse solo per gran parte del gruppo, escludendo a priori in questo bizzarro calderone di discepoli improvvisati il nome dell'amico. Pippo non impiegò molto tempo per replicare alla provocazione.

"Perché puoi restare a guardare l'orizzonte seduto sugli scalini di una casa sconosciuta mentre il mondo ti passa davanti senza che tu faccia un solo gesto, un solo semplice gesto con la mano, per fermarlo e cercarlo di capire. Sprecare la propria vita non è poi così difficile da mettere in pratica, ma se solo lo vuoi tu stesso puoi far parte di quel mondo" – forse neanche Carmeluccio si aspettò questo genere di risposta. La figura di quel ragazzo di qualche anno più grande, spesso eccessivamente silenzioso, più portato a reazioni violente quando a modo suo, tentava di manifestare il proprio pensiero, difficilmente collimabile con quello degli altri. Non era maturità precoce, certe sensazioni sono dentro ognuno di noi sin dalla nascita. Poi, all'improvviso senza neanche preventivarlo, esterni la tua vera natura e lasci sbigottiti gli altri che, nel frattempo, ti hanno già affibbiato un'etichetta che sarai costretto a trascinarti negli anni. Pippo in pochi minuti di esternazione del suo pensiero e, forse, della sua reale personalità, oscurata dagli eventi e dai luoghi comuni, aveva risvegliato in tutti la voglia di cercare dentro di noi il modo migliore per manifestarci agli occhi degli altri. Senza remore o false recite in personaggi inventati sul momento a nascondere il coraggio di essere, semplicemente, noi stessi.

"Io ho già deciso" – una sorta di sentenza fu pronunciata da Pippo con la chiara intenzione di non dilazionare ulteriormente le sue intenzioni.

"Entrerò in quella casa, con voi o senza di voi" – a questa affermazione, forse per la prima volta, notai un certo disagio nello sguardo che Carmeluccio dedicò a quelle parole. Attribuii quella reazione di sorpresa e quella necessità di rimanere in silenzio, come se ad un tratto qualsiasi replica verbale potesse apparire inutile e superflua. Il silenzio tornò a dominare la scena. Un rispettoso silenzio nei confronti di quella determinazione esternata da Pippo che molti di noi avremmo voluto manifestare in altre occasioni, senza il necessario coraggio per farlo.

L'atmosfera di sbigottimento e di forzata riflessione sulle decisioni che ognuno di noi ponderava singolarmente nel proprio cervello, fu come un congedo opportunistico nel quale rifugiare i dubbi e quella costretta sottomissione al carisma dimostrato da Pippo che, mai come in quel momento, non eravamo in grado di contrastare. Ora si trattava solo di aspettare che ci comunicasse quando e come questa esplorazione da archeologi infantili sarebbe stata messa in pratica. Ci alzammo lentamente evitando di scambiarci qualsiasi sguardo distratto e ognuno di noi mestamente ripercorse la strada verso casa, augurandosi che a nessuno sarebbe venuta l'infelice idea di riprendere il discorso appena sospeso.

11

La gente era per strada, senza un vero motivo che giustificasse quella scelta. Era una serata di autunno ormai inoltrato, come tante altre da trascorre davanti alla televisione o seduti ad un tavolo a fare le prove per le giocate a carte che nei mesi successivi avrebbero coinvolto gran parte delle famiglie. La scossa era stata violenta avvertita in tutte le case, impossibile che qualcuno non l'avesse sentita. Il numero copioso delle persone riversate per le vie del paese ne dava la conferma. Non che quel tremore improvviso delle sedie e l'oscillare puntuale dei lampadari avesse realmente spaventato, ma come un rito da rispettare, in queste occasioni si esce per strada, solo per il gusto di ricevere conferme su quella che spesso appare come solo una mera sensazione, più che una effettiva percezione di averla vissuta. Si poteva assistere a situazioni ridicole e imbarazzanti, quelle circostanze strane che annullano qualsiasi inibizione e che accumuna una cittadinanza intera davanti a un possibile pericolo condiviso. Qualcuno in vestaglia, altri con addosso abbigliamenti improvvisati sicuramente afferrati in fretta e furia, come a difendere in ogni caso un certo pudore. Queste occasioni assumono anche l'aspetto ironico del momento inconsueto che sconvolge, almeno per qualche ora, una monotonia casalinga di paese. Stavo giocherellando con alcuni fagioli, che spesso usavamo per coprire i numeri estratti sulle cartelle della tombola, lanciandoli dentro un recipiente riempito a metà di acqua, posto sopra la fiammella della stufa a gas che aveva il compito di inumidire l'aria della stanza. Una sorta di canestro improvvisato, anche questo ad accendere un'altra ambizione sportiva, infantile ma sempre presente nelle mie giornate e nelle serate di buio anticipato di quegli autunni da trascorrere in famiglia. Come una necessità alla quale adeguarsi senza eccessivo sforzo, il rumore e lo zampillo dell'acqua all'interno, ogni qualvolta la mia abilità superava l'aspettativa di essere dimostrata, mi confermava di aver fatto centro.

Proprio mentre mi chiedevo se gli eccessivi lanci precisi potessero in qualche modo far uscire l'acqua contenuta nel recipiente, che da quello scopo iniziale di inumidire l'aria resa troppo secca dalla stufa, si era trasformato in quel personale trastullo che, di tanto in tanto, ad ogni schizzo troppo evidente, mi restituiva occhiate di rimprovero dal resto dei presenti nella stanza, d'improvviso la scossa ci prese di sorpresa e in effetti uno schizzo di acqua traboccò all'esterno bagnando il pavimento. Un solo attimo per rendermi conto che i fagioli finiti dentro il barattolo erano insufficienti per causare la fuoriuscita dell'acqua, poi come per inerzia seguii il resto della famiglia che si indirizzava per strada raggiungendo gli altri e commentare quanto appena condiviso. Ci ritrovammo così con Francesco a qualche metro dalla nostra palestra di basket. Guardai per un attimo il canestro fustino per verificare la tenuta dall'ultima sostituzione, poi sorrisi all'amico andandogli incontro. Ci sembrò di vivere una situazione paradossale, una di quelle che Francesco accostò alle varie occasioni in cui insieme giocavamo agli scrutatori durante le votazioni del sindaco del paese. Una scossa di terremoto di qualche secondo era riuscita a riunire persone di diversa estrazione sociale, l'una accanto all'altra, a scambiarsi parole come in tantissime altre circostanze non si aveva avuto l'ardire di fare. La paura provoca queste reazioni, inaspettate e insolite. Decine di persone che si incontravano tutti i giorni, sfiorandosi sui marciapiedi del paese senza sentire alcun bisogno di andare oltre un educato saluto, erano lì accanto a noi a scavare tra le ipotesi e le spavalderie di chi è abituato a vivere in una zona tellurica, come se il resto dei concittadini non fosse cosciente di questo, di più o di meno di chiunque altro.

Sono momenti che durano poco, troppo poco per far pensare a una possibilità di riscatto di una comunità che comprende, finalmente, la necessità di trasformare un ideale di unione in qualcosa di tangibile. Contatto umano, mi venne in mente di chiamarlo così, rubando questa locuzione da qualche libro di cui non ricordai il titolo. Non semplice legame a un luogo dove per casualità ci si ritrova a percorrere le stesse strade, frequentare gli stessi locali, le piazze, i punti di incontro. Sì, la paura riesce a compiere il prodigio della appartenenza, anche solo per un attimo, prima che una sorta di arroganza del vivere ci riporti tutti a un banale quotidiano. Sono lezioni di vita, quelle che ci recitiamo a memoria quando siamo sufficientemente distanti dalle situazioni, al sicuro da eccessivi condizionamenti, ereditate dall'esperienza delle persone che definiamo mature, come se questo possa essere un requisito indispensabile per poter sentenziare consigli. Luoghi comuni, sarebbe più corretto definirli. Quelli che ascoltavo con la giusta ironia di chi, per giustificare un'età da ragazzo, dovesse in ogni caso denigrare come noiosi commenti da ascoltare negli angoli di strada, proprio come in quel momento io e Francesco ci sentivamo circondati da quelle voci che, oltre a suonarci banali, accendevano la fantasia di poter percorrere destini diversi e, soprattutto, fare scelte più degne di essere sostenute. Ci scambiavamo questi pensieri, più nel silenzio che nelle parole, mai come in questo caso inutili, assordati da quel vociare di frasi fatte e motivate da inutili tentativi di sminuire la paura da poco provata che aveva costretto tutti a ritrovarsi lì, ad esternarla come un'occasione di contatto umano. Lo stesso che ci sorprese pochi attimi dopo, mentre io e Francesco ci scambiavamo battute ironiche sui personaggi che ci ritrovammo accanto in quella bizzarra serata di autunno inoltrato. L'ombra di una figura familiare sembrò venirci incontro. Troppo familiare per non riconoscere Carmelo *u moggiu*. Ci mettemmo istintivamente sulla difensiva, sentendoci indifesi e vulnerabili davanti a una possibile vendetta che in quel momento di noncuranza di massa ci avrebbe colti impreparati. L'essere umano riesce ancora a contraddire qualsiasi cattivo pensiero che la natura diffidente e malpensante costruisce nelle nostre puerili menti, pronte a controbattere il risvolto della medaglia di sentirsi semplicemente compagni di gioco e di crescita. Compagni di vita. Carmelo si indirizzò dalla nostra parte. Guardai Francesco temendo la sua naturale predisposizione alla reazione incontrollata davanti ad un possibile pericolo. Mi domandai se sarei stato in grado di fermarlo o almeno di frenare il suo impeto solleticato da una probabile provocazione. Non ebbi il tempo per darmi una risposta. Carmelo ci passò accanto senza mostrare alcuno intento bellicoso e, sorprendentemente, ci rivolse un timido ciao che preferii interpretare come un approccio amichevole o un auspicato e non previsto segnale di riappacificazione. Passato quel momento di tensione, come se quei due momenti fossero inevitabilmente collegati, il ritorno alla quiete delle viscere della terra e quel saluto insperato svuotò le strade con lo stesso slancio che aveva indotto tutti a varcare la soglia di casa a quell'orario insolito. Forse davvero la paura riesce a cambiare, almeno per qualche attimo, le persone. In quel frangente di attaccamento alla vita, che un istinto primordiale d'un tratto ce la restituisce come qualcosa di prezioso e da tutelare, ci si accorge che tutto può fermarsi all'improvviso e definitivamente. Le azioni quotidiane, quelle alle quali con semplice spontaneità ci abituiamo in fretta, senza neanche accorgercene, come se un percorso di vita predestinato ci attendesse da sempre, diventano precarie e un senso di insicurezza ci assale. Una frenesia di aggrapparsi agli oggetti, agli amici, anche ai vecchi rancori che siamo disposti a cancellare in un sospiro che non avremmo mai immaginato di emettere fino a qualche secondo prima. Pensai a tutto questo mentre ci accingevo anch'io a rientrare a casa, dopo un breve saluto a Francesco che si adeguava a quel collettivo ritorno a una convenzionale normalità. E mi venne ancora una volta in mente la figura della donna canuta che avevamo spiato con Pippo. Cercai di ricostruire a mente i contorni del volto, i suoi occhi di rassegnata stanchezza, le sue movenze lente e ripetitive che ogni giorno le facevano collezionare un'occasione di sopravvivenza che si aggiungeva ad anni di ricordi e nostalgie da dimenticare ogni giorno più presto, ad ogni risveglio mattutino che la riportava a un quotidiano di sottomissione che era azzardato chiamare ancora vita. Quanti segreti sarebbe stata in grado di svelarci, se qualcuno, anche noi ingenui invasori clandestini della sua inestimabile esistenza, avesse avuto il coraggio di stimolare quel profondo desiderio nascosto di trasmettere lembi di storia strappata dalle pareti di una casa che, inconsapevolmente o volontariamente, l'aveva resa schiava di un destino che avrebbe incrociato il nostro. Seppure a debita distanza. Ero certo che quella donna non avesse mosso un passo in cerca di una illusoria salvezza, allo scatenarsi di una rivendicazione di potere che un'energia profonda, a chilometri sotto il pulsante cuore della Terra, in quella precarietà tellurica ogni tanto tornava a manifestarsi. Quella sera quella donna era rimasta nel suo letto, ansimante come non mai a coprire l'ululato del vento che precede sempre una scossa di terremoto. Ne ero certo. Mentre il marito, immaginai, si trascinava dentro pantofole consunte fino alla porta del frigorifero a inumidire un'altra notte di silenzio con il quale non chiedere più nulla, per non essere costretto a inventarsi le risposte. No, quella donna non mosse un muscolo. Si tappò le orecchie per evitare il disturbo dei fantasmi che avevano invaso le strade. Le paure soffocate nel tempo della pazienza, quella che fa tacere fingendo di non ascoltare parole dell'offesa, forse neanche personale, ma nei confronti di un'umanità schiacciata dall'assenza di un semplice rapporto umano che si logora nella distrazione che minimizza un contatto, anche solo mentale, che svanisce giorno dopo giorno, come ormai da anni le restituiva quell'antico compagno di vita, adesso semplice coinquilino di una tavola lasciata inutilmente apparecchiata. Oscurata dai lampi ingannevoli, che la televisione di casa lanciava ad intervalli irregolari tra le penombre di un necessario mutismo. Mi sembrò come se tutto fosse stato un sogno, troppo reale per avere dei dubbi. Forse fu soltanto un ricordo, ricacciato dal passato con prepotenza per riportarci, almeno per un attimo, con i piedi per terra. Sì, un ricordo non troppo lontano nel tempo, tra un già vissuto che ci collega a possibili vite precedenti e, quasi come una consolazione, rievocazioni confuse della mente. La scossa, l'indifferenza di quella donna, la paura, più reale di quanto potessi controllare. Non diventerò mai così, farò di tutto affinché questo non avvenga, mi recitai nel dormiveglia. L'ultimo pensiero prima di addormentarmi quella notte.

12

Il giorno dopo ci precipitammo a controllare l'archivio personale che il titolare di uno dei bar del paese accatastava in un retrobottega, conservati lì a lunga scadenza perché, come sosteneva il barista, la carta non andava mai buttata e un giorno poteva tornare utile. Come archeologi della notizia, ottenuto il permesso dal tizio che, con quella nostra richiesta, rafforzava la sua teoria sull'utilità di continuare a conservare quelle pile di copie, cominciammo a cercare la notizia con la speranza di ravvivare la memoria di quello che, personalmente, non riuscivo ancora a focalizzare come un ricordo. D'un tratto una copia di circa un anno prima, ci apparve come una rivelazione. Il quotidiano locale intitolava: OTTO GRADI, OTTO SECONDI. Le notizie di paese erano sempre confermate dalla lettura del giornale prodotto in provincia, ma che trattava come argomenti anche gli avvenimenti spesso folcloristici e di *cuttigghiu* che arricchivano la monotonia del vivere più semplice dei paesini dislocati lungo la costiera. Sembrava quasi che quell'evento, che poi era stato vissuto in prima persona, dovesse essere convalidato dal trafiletto del giornale, tra l'altro scritto dal redattore raccogliendo dichiarazioni da strada, senza alcun riscontro, e trascritte sulla pagina come verità assolute. Da parte dei lettori non era soltanto un malcelato orgoglio di sentirsi personaggi tra le righe del giornale, almeno per un giorno o, in caso di reiterata notizia, in un paio di giorni successivi. C'era la curiosità di raccogliere informazioni più dettagliate su quel fatto particolare che li aveva visti protagonisti in prima persona, come se da quell'articoletto potessero essere desunti particolari che la distrazione del momento aveva fatto sfuggire. OTTO GRADI, OTTO SECONDI. La mattina seguente ci ritrovammo con Carmeluccio al bar della piazza, seduti a un tavolino masticando lentamente una pasta di mandorla. Il titolo recuperato e con una certa raccomandazione, preso a prestito da quella sorta di archivista, era in bella mostra in prima pagina a dimostrazione che fosse stata in ogni caso un'occasione insolita per trattare un argomento di maggiore effetto e di coinvolgimento, rispetto alle solite notizie di politica locale o di cronaca, più o meno nera. Restammo un attimo, ognuno nel proprio silenzio, a immaginare mentalmente quella frazione di tempo così ben definita dal giornale, provando a ricontare quegli otto secondi rivivendo gli attimi della scossa e i particolari di quella nottata che, ognuno di noi, rimetteva in ordine nel proprio cervello. Soltanto così ci rendemmo conto del pericolo scampato. Fu come aver cancellato l'evento dai nostri ricordi, certamente per paura, ma anche come una forma di chiusura mentale che certi eventi fanno scattare a protezione di un disagio. Un sogno, in quel momento mi convinsi che lo fosse stato la sera precedente, aveva ridato vita a un sentimento di incertezza. Certo non eravamo in grado di stimare l'intensità della scossa tradotta in gradi, neanche approssimativamente, che quella notte aveva scatenato, ormai non più così lontano nel tempo. Carmeluccio, ovviamente, era escluso da questa considerazione. Ogni tanto incrociavo lo sguardo distraendo i miei pensieri e, dall'energia che sembrava sprizzare dai suoi occhi, era fin troppo evidente che le sue congetture mentali fossero più concentrate sulle teorie e le ricerche in campo sismico che occupavano i suoi momenti di svago tra un impegno scolastico e l'altro. La nostra era stata sempre una zona ad alta densità tellurica. Eravamo cresciuti con le storie e i ricordi approssimativi di chi aveva vissuto il terremoto del 1908. Spesso anche di chi, per una questione anagrafica, non avrebbe potuto ricordare nulla. Questo mi aveva fatto sempre pensare come una catastrofe, letta sui libri di storia, centellinata come tanti racconti, di volta in volta sempre più ricca di particolari con le fantasie e le ricostruzioni approssimative, legate a trasposizioni personali delle parole che giungevano dal passato, sì, una catastrofe di quella portata, era in grado di segnare il destino di diverse generazioni future.

"Avrebbero potuto scrivere qualsiasi cifra. Più alta o più bassa, volendo. L'avremmo dovuta accettare senza alcuna possibilità di riscontro. Quando il fondo della terra ci rimette davanti alla realtà, non concentri il pensiero sulle statistiche che uno sconosciuto redattore scopiazzerà da qualche dato approssimativo rubato a un centro sismografico" – sapevo che Carmeluccio non sarebbe rimasto a lungo in silenzio. Era solo questione di tempo. Quello necessario per elaborare nel modo più idoneo le sue congetture su tutto quanto condividevamo in quella adolescenza eccessivamente cresciuta per potersi illudere di racchiudere tutto in quella nostra segreta, mai come in quel momento preziosa, lista della spesa che la madre sarebbe tornata a fornirci, fingendo ancora una volta di non accorgersi della nostra puerile cresta. Sapevo che quel genio in miniatura aveva in serbo altre riflessioni su quanto vissuto la sera precedente e che, senza troppe remore, quel mattino seguente avevo sentito il bisogno di condividere. Un ricordo si fece più chiaro su quella notte, a metà strada tra sogno e realtà. Non l'avevamo incontrato, non perché l'avessimo cercato con convinzione, io e Francesco, mentre eravamo intenti a raccogliere gli sguardi dei paesani. Quella notte, Carmeluccio era sfuggito alla nostra distrazione, troppo impegnati a vivere quel presente che la notte, in breve tempo, avrebbe messo a tacere. Lo immaginai con la sua curiosità mai paga, Carmeluccio e la sua insaziabile voglia di conoscenza. Lo guardai col giusto silenzio del discepolo che attende quell'apertura mentale che solo lui era in grado di stimolare. L'attesa non fu delusa.

"La chiamano attaccamento alla vita, ma forse è solo un modo per nascondere un doveroso timore di un buio che ci assale all'improvviso, quando la Natura ci ricorda che quando vorrà si riprenderà tutto quanto le abbiamo sottratto. In un breve istante...". Aveva quella capacità di zittire i pensieri. Risposte a dubbi esistenziali che ci facevano sentire più adulti. Forse lo credevamo soltanto, ma era importante trovare il coraggio di lasciarsi alle spalle un'adolescenza di parole spezzate, quelle che Carmeluccio aveva l'abilità di ricomporre con i suoi discorsi rivolti al futuro. Posizionarsi sui blocchi di partenza, pronti a scattare allo sparo e poi lasciarsi andare a quei movimenti meccanici e istintivi, con gli occhi semichiusi a cercare una linea di traguardo che possa essere lo slancio verso una nuova partenza. Oltre quel filo di lana che avevo osservato con distacco in vecchie immagini di atletica, in quel momento le rispolverai come un esempio da seguire. Aveva ragione Carmeluccio, non era ancora il momento di fermare tutto per colpa di una scossa di terremoto, devastane o meno che fosse. Immaginata o reale che fosse stata. Mi convincevo sempre più pensando che, tutto sommato, la durata stessa della scossa era stata addirittura tre secondi più breve delle mie migliori prestazioni degli ultimi tempi. Avrei ipoteticamente potuto correre quei cento metri e giungere al traguardo quando tutto fosse già finito. Mi lasciai scappare un sorriso mentre pensavo a questa possibilità. L'amico se ne accorse e assecondò la mia reazione infantile, come del resto preferiva fare in queste circostanze. Era più di una complicità legata all'età, era ritrovarsi a condividere un pensiero, banale che fosse, sviluppato in testa con un'origine forse diversa. Veniva rafforzata da quello scambio di silenzi. Poche smorfie facciali per comprendere di avere concentrato il cervello su un unico punto di vista, mentre il mondo fuori si arrovellava a cercare spiegazioni mistiche o filosofiche su quella che era stata per noi una semplice e comprensibile paura di morire. Chissà quanti la ricordavano ancora, quella notte? Me lo chiesi a mente, quasi a non voler disturbare quell'analisi esistenziale che, a piccoli sorsi, sorseggiavo dalle sue parole.

"Davvero interessante la storia raccontata da Pippo" – Carmeluccio deviò il discorso, provando astutamente a nascondere la sua approvazione a quello stimolo provocatorio che il monologo di Pippo aveva suscitato in tutti. Non poteva essere da meno perché, pur non avendo l'esclusiva di questa nuova idea, molto simile a una probabile avventura, non poteva negare di essere affascinato da qualsiasi sollecitazione culturale da chiunque risvegliasse in lui la voglia di nuove informazioni che gli permettessero di rimettere in moto le cellule cerebrali e cercare approfondimenti su altre istigazioni a comprendere.

"Ci sono delle lacune nei miei studi storici. Ho sempre preferito materie scientifiche, che rasentano la fantascienza, a quella accozzaglia di date, personaggi e soprattutto tante, troppe guerre" – Carmeluccio sentì il bisogno di giustificare il suo interesse nei riguardi delle parole di Pippo. Non era, come del resto anche gli altri componenti del gruppo, al corrente delle evoluzioni che questa storia aveva assunto attraverso anche gli appostamenti consumati dietro quella casa del mistero.

"Se ci pensi, anche il racconto di Pippo ha a che fare con una guerra. Una delle tante che siamo costretti a sorbirci dai libri di storia. Raccontata con un monopolio di informazione nella quale forse neanche chi l'ha vissuta si è sempre riconosciuto" – Carmeluccio aveva un rapporto ostico con tutto quanto avesse un legame con eventi bellici. Anche le nostre diatribe con il gruppo che ci contestava l'utilizzo della palestra, raramente lo avevano visto protagonista quando le situazioni degeneravano in scontri fisici. Troppo erudito verbalmente per sporcarsi la reputazione con gesti di violenza. La fantascienza era un suo chiodo fisso, oltre ai Topolino che mi decantava ogni tanto. Qualche volta ci eravamo ritrovati seduti sulla scalinata che ci portava al cortiletto che ospitava il nostro canestro fustino. Ci prendevamo una pausa ogni tanto da quelle esigenze di crescita responsabile che qualcuno, a parte i nostri genitori, ci riconosceva fuori tempo. Ore trascorse a improvvisare sceneggiature con il suo gioco da tavola "Spazio 1999". Aveva la capacità di inventarsi sul momento regole che nulla avevano a che fare con il libretto di istruzioni allegato alla scatola. Erano frutto di fantasticherie e di nozioni didattiche, sempre innovative, che riscrivevano le trame e, talvolta, anche i personaggi. Giocavamo quasi in clandestinità, perché lui non amava molto mostrarsi in queste che, inspiegabilmente, considerava delle debolezze da tenere ben celate dal resto del gruppo. Io ne avevo l'esclusiva perché una cresta sulla spesa ci aveva reso complici per sempre.

"Ho voglia di approfondire il racconto di Pippo. Non ti nascondo che ho avuto la tentazione di chiedergli in prestito il libro che custodiva gelosamente tra le mani. Credo che contenga molte informazioni che potrebbero riscrivere la storia di questo paese che abbiamo, forse per pigrizia, ignorato da sempre" – fu come un altro invito ad addentrarci tra le *vinedde* e le case sgretolate in cerca di quel motivo più appagante che ci facesse trascurare inutili tafferugli da strada. Non potevo, non volevo, rifiutare l'invito.

Si era fatta l'ora di ingresso a scuola. Mi improvvisai mezzofondista per percorrere quel chilometro e mezzo che mi distanziava dal plesso. Gli ultimi centro metri dal portone di accesso furono un ulteriore allenamento. Più per la mente, forse.

13

Certi eventi precipitano le aspettative. Spesso i progetti lasciano spazio alla realtà, senza che si possa ponderare con calma le fasi da seguire per mettere in pratica un'idea. Quando poi è condivisa, un sentore di perdita di tempo prevale sugli scambi di opinione. Si è coscienti che occorra agire, che è necessario lasciare alle spalle le chiacchiere inutili e passare ai fatti. Proprio in questi frangenti qualcuno prende l'iniziativa di coinvolgere gli altri, senza preavviso. Senza una reale convocazione che ci faccia ritrovare nello stesso luogo, allo stesso orario. Con la stessa follia da trasformare in concretezza. Non importa chi si prende l'onere di guidare gli altri. Di stimolare l'azione che annulli ogni titubanza. Quello che è veramente importante è annullare gli indugi e ritrovarsi in un istante dentro l'idea che ha monopolizzato le discussioni. Anche il nostro pozzo degli incontri che credevamo clandestini, era diventato superfluo. In questi casi, il carisma la fa da padrone. Ci sono soggetti che reputiamo altamente intelligenti e curiosi ma che, nella messa in pratica delle loro idee, hanno sempre bisogno che qualcuno li guidi e li incoraggi nelle loro azioni. Non è una reale soggezione, è quasi una sorta di autodifesa contro ogni più sfacciata esposizione al giudizio della gente. Come se il genio abbia bisogno di un guscio di protezione da difendere agli attacchi esterni di chi, spesso, non ha le sufficienti capacità per comprendere. Ed ecco che tutto si trasforma in follia, sana o malvagia non spetta a noi dirlo. Tutto ciò che non si comprende, si ha la tendenza a marchiare come pazzia. Il folle e genio della situazione, a volte si chiude a riccio e custodisce negli anni quelle creatività che avrebbero cambiato il destino della piccola comunità dove ha deciso di vivere. Altre volte, invece, esterna con convinzione la propria creatura creativa, incurante del tutto di qualsiasi imprevedibile conseguenza. Quel personaggio storico, appena accennato dalle ultime parole pronunciate da Pippo, apparteneva a questa ultima categoria. La sua storia personale, che lo portò a seguire il sogno garibaldino e a riempire le pagine dei libri di storia che ci ritrovavamo a commentare con distacco nelle aule scolastiche, non induceva a pensare diversamente. Prendere coscienza, poi, che un personaggio eroico, forse anche onirico, avesse calcato lo stesso terreno che rivendicavamo come esclusiva proprietà da contendersi con altri scapigliati antagonisti giovanili, ci faceva sentire obbligati a restituire a quel nome, inciso in qualche stele commemorativa o, come prevedibile, a dare il nome ad una piazza o una via, un degno riconoscimento storico che, nella nostra ingenua riconoscenza, rappresentava una nostra personale rivoluzione sociale.

Ebbi il tempo sufficiente per rimuginare su queste fantasie nella settimana successiva, quando con tutta la famiglia mi trasferii a casa di mia nonna a Caltanissetta. Una città ferma al cinquantennio precedente, come avevo la sensazione di vivere ogni qualvolta mi ritrovavo tra le sue strade e le sue piazze. Fredda eccessivamente in quel periodo dell'anno per farmi demordere da qualsiasi tentazione di allenamento. Il tempo lo impiegavo a strimpellare con la chitarra, intonando qualche canzone imparata troppo in fretta e rubata impudentemente al cantautore di turno che mi ispirava al primo giro di DO intonato sulle corde. Spesso era *Roma Capoccia* a monopolizzare i miei tentativi interpretativi, sussurrati tra un accordo e l'altro, attento che nessuno del resto della famiglia avesse modo di ascoltarne il risultato. Tra una canzone e l'altra, a volte abbandonavo lo strumento sulla sedia e spulciavo tra i libri impolverati di una abbandonata libreria di casa con la vana speranza che un libro dimenticato contenesse qualche particolare che la bocca serrata di Pippo avesse negato alla mia curiosità. Chissà poi perché mi illudessi che una città del centro Sicilia potesse darmi le risposte su una storia messinese. Da questo delirio giovanile mi distraeva il segnale inconfondibile che accompagnò per anni i periodi trascorsi in quella vecchia casa. Era quel rumore ovattato che proveniva dalle tubazioni, come un prodigio che, ad intervalli mai regolari, dettava il ritorno alla vita di un'intera famiglia. Uno *scrusciu* di acqua liberata scorreva dentro quelle ingenerose tubature fino ai rubinetti che riversavano quel liquido prezioso, liberatorio di un'ansia generale, dopo giorni di eccessivo silenzio che aveva il sapore di assenza, di siccità rassegnata. Ed ecco la vasca da bagno, mai usata in ogni visita a quel capitolo del passato da ereditare, che la figura felpata di mia nonna ci riconsegnava ad ogni occasione di raduno familiare, quella vasca si lasciava invadere e colmare da un'elemosina di metafora della vita. Acqua che avremmo voluto custodire in ogni recipiente di casa, centellinata come una pausa di pazienza, messa alla prova da anni di rassegnazione e arte del vivere che il mondo della cultura, allora mi rifiutavo di comprendere, chiamava impunemente arte d'arrangiarsi. Mia nonna aveva altre due vasche di salvataggio. Erano poste su quel cortile all'aperto, posto sul retro dell'abitazione. Anni dopo capii che facessero parte del sogno dell'eternità d'amianto che ci avrebbe riconsegnato un futuro di viaggi della speranza e milioni di fiale di morfina ad attutire il dolore. Le due vasche esterne erano le più preziose. Erano quelle che rappresentavano l'ultima riserva, quando i giorni di assenza si facevano troppi, anche per l'età della ragione che placa le ribellioni, camuffate da saggezza negli sproloqui di mia nonna che, nei momenti di folle ispirazione, diventavano massime e proverbi da custodire nella memoria. *U saziu nun capisci cu è diunu* era un ricorrente proverbio che girava dentro le stanze, ad avvolgerci tutti in un unico destino che creava un divario culturale e storico più profondo della fossa di cinquemila metri sotto lo Stretto di Messina. Mi ripromettevo sempre di farci una canzone con quell'incipit di saggezza popolare del centro Sicilia. Il resto della lirica da arpeggiare sulla chitarra me lo avrebbe donato la dolcezza dello sguardo di mia nonna che, con un pudore d'altri tempi, ci regalava lezioni di vita mentre la vedeva sfuggire sullo specchio di una vecchia credenza ad occupare un angolo di corridoio. La canzone non la scrissi mai, ma rimuginai su quella necessità di seppellire lo scrigno della Storia che qualcuno in un futuro non troppo lontano avrebbe avuto voglia di riportare alla luce. La stessa voglia che coltivavamo e vivevamo, io e quei confusi adolescenti che erano la mia certezza di amicizia, con il nostro egoistico e ingenuo proposito di spalancare le porte di un'altra storia dimenticata del Risorgimento. O, tuttalpiù, di un'anziana signora spiata senza pudore e rispetto nella sua antica stanchezza del vivere. Forse era un'altra forma di arroganza, non molto diversa da quella di un potere occulto che negava il diritto all'acqua ad una città. Da quella che si vestiva di violenza in quel pestaggio che Pippo consumò nei confronti *d'u moggiu,* consegnandoci un diritto da rivendicare in mezzo a una eccessiva distrazione che una comunità intera preferiva utilizzare come alibi d'apatia. Ci sarebbe stato un buon motivo per ridere, per non piangere, come avrebbe detto mia nonna con ironia. Già, un buon motivo per sminuire la bramosia di sapienza con la quale Pippo aveva contagiato il gruppo. Non mi restò che sorridere, mentre intonavo un RE maggiore, che accompagnò l'ultima goccia d'acqua ad entrare nella vasca d'amianto, prima di una nuova chiusura a tempo. Prima di ripercorrere a ritroso quei duecento chilometri che mi riportavano al mare, agli allenamenti utopistici, a una nuova avventura di esploratori improvvisati con i quali condividere la voglia di sentirsi adulti.

14

Eravamo in attesa che uscisse il pane caldo dal forno. Avevo incontrato Carmeluccio durante una delle sue liste della spesa da depennare. Capitava anche di pomeriggio, quando tornando da scuola trovava il foglietto scritto a penna sul tavolo della cucina. Aveva avuto solo il tempo per dare un'occhiata al diario e consultare lo studio che lo avrebbe impegnato per l'indomani che, quasi come se la spesa rientrasse in ogni caso tra i compiti da svolgere a casa che gli insegnanti, solo in parte, potevano intralciare più del dovuto nei confronti della madre, si ritrovò per strada a seguire una traccia mnemonica, che avrebbe potuto seguire a occhi chiusi. Ci ritrovammo così a reinterpretare la parte dei clienti affezionati del panificio di fiducia della sua famiglia. Il sacchetto di carta riciclato dall'ultima volta, pronto ad accogliere quel fumante profumo che *Mandarino* adagiava con delicatezza direttamente con la pala da forno, limitandosi a chiedere "Quanti?" ad ogni cliente in prudenziale attesa, sempre attento a evitare il contatto con il caldo della crosta del pezzo di pane assegnato. *Mandarino* era il soprannome del panettiere, tappa obbligata della lista della spesa. Avevo imparato molto presto a non farmi troppe domande sulle *'nciurie* di paese che ogni famiglia poteva rivendicare. Carmelo *u moggiu* era solo un esempio tra i tanti pseudonimi che si tramandavano di padre in figlio. *Mandarino,* poi, con il suo "Quanti?", avrebbe sicuramente meritato il nomignolo doppio. Non riuscii mai ad udire altro fonema da quella bocca sempre occupata dalla sigaretta, come se non fosse sufficiente il calore emanato dal forno per sciogliere ogni indugio comunicativo nei confronti delle persone, diligentemente messe in fila, nell'attesa. Certe abitudini, troppe vicine alle consuetudini, automatismi comportamentali che si acquisiscono senza che nessuno abbia mai realmente impartito una sorta di ordine. Quando mi capitò la prima volta di entrare in quel panificio, grazie alla complicità di Carmeluccio, mi adeguai a quel rispettoso silenzio, come una sorta di rito che, nessuno negli anni, si sarebbe mai sognato di non rispettare.

Il filoncino caldo, *u pistuluni* era il termine dialettale usato da tutti, scivolò sul sacchetto. Una crosta liscia e più tendente al bianco, era il marchio di fabbrica di questo panificio. Il vapore caldo si sprigionò unendosi a quello degli altri gemelli quotidiani, man mano che la maestria del panettiere li sfornava con una precisione di movimento da fare invidia a un giocatore di biliardo. Carmeluccio lo avvolse con la parte eccedente della carta e, per un attimo, incrociò il mio sguardo per invitarmi anche questa volta ad un'altra complicità che prevedeva il distacco della punta del filoncino e l'immediato addentare soffiando un'improvvisata apnea per smorzare l'eccessivo calore. Non era il pane che mia nonna ci riservava nei pomeriggi, a placare la fame di noi nipoti fino alla cena serale. Quello aveva un altro sapore. Il sapore dell'adolescenza che lascia malvolentieri il passo all'età adulta, aggrappato a un'infanzia ormai difficile da nascondere, tra un pelo canino a ricoprire il mento e una voce sempre più dura e meno disposta all'ubbidienza. Però quel calore profumato era la tentazione dell'azzardo da contrapporre ad una eccessiva passività alle dottrine educative della madre che, affiancandolo nelle scorribande tra le *putìe* di paese, non erano più sua esclusiva. Era sempre una sorpresa ripetere quei gesti infantili che le occasioni di incontro risvegliavano senza particolari indugi. Era veramente come fermare il tempo, in attesa che giorni migliori avessero aperto le porte verso un futuro da adulti che, spesso incrociando sguardi silenziosi, si ritrovavano sulla stessa idea di rinvio.

"Non è solo importante ascoltare una vita centellinata da chi ha sedato due guerre. La chiamiamo esperienza perché non troveremmo altro modo per definirla, coscienti che noi, umilmente, dovremmo ammettere che non ne saremmo usciti vivi" – Carmeluccio si allineò subito al suo stile comunicativo che non pretendeva premesse. I passi sul selciato attutivano in parte le pause tra un pensiero e l'altro. Questo mi consentiva di ricollegarmi con i giorni appena trascorsi a contare le ore nissene. Pensavo a come qualche centinaia di chilometri potesse mettere in relazione due mondi così lontani. Due culture che negli anni avevano riconsegnato un'immagine così diversa di una Sicilia dalle mille sfaccettature. Due generazioni a confronto, ancora una volta. Inevitabile contatto generazionale, a rivendicare particolari che ne potessero realmente reclamare un'esclusiva migliore, inserita in ogni discorso che, più la nostalgia che la convinzione, rendevano unica e inattaccabile.

"Un giorno faremo gli stessi discorsi. Gli stessi che pretendono di essere ascoltati, senza particolari repliche che possano metterli in dubbio" – era incredibile come Carmeluccio arrivasse a leggere le mie riflessioni e costruirne delle risposte immediate.

"È il modo con il quale crei il contatto con il passato. Con chi l'ha vissuto. Con chi ti ha lasciato una traccia. Non hai l'obbligo di seguirla, anzi spesso accade il contrario. L'importante, però, è non cancellarla per sempre. Perché quando meno te lo aspetti, quella traccia riapparirà nella tua vita, senza preavviso, senza un vero motivo. Te la ritroverai davanti al tuo cammino incerto, alla tua folle ricerca di risposte. Sarà lì, pronta ad essere interpretata. Se solo vorrai tramutarla in esperienza" – non riuscivo mai ad interromperlo, quando andava a ruota libera nelle sue riflessioni ad alta voce. Convincente, più di quanto fossi in grado di contrastare. Utilizzava quelle parole che per giorni mi frullavano nella testa, senza che fossi completamente in grado di trasformarle in discorsi. Aveva ragione. Un giorno faremo gli stessi discorsi, credendo anche noi che saranno esclusivi. La Storia si ripete, non era soltanto una bella frase da ricacciare da un silenzio cronico che attendeva una replica. Qualunque potesse essere. Anche una di quelle che non amiamo ci venga restituita. Sapevo che nel discorso di Carmeluccio era racchiuso uno stimolo sotterraneo, elaborato in giorni di meditazione, tra un ennesimo ghigno da alibi disneyano e l'insaziabile curiosità che lo portava ad approfondire qualsiasi argomento che non accettava come lacuna. Era questione di tempo, poi d'improvviso esternava un pensiero elaborato che spesso sfociava in un suggerimento.

Crollai davanti ai suoi sproloqui. Gli confessai tutto, come assalito da un rimorso di mancato rispetto. Alla sua intelligenza, alla sua lealtà, all'amicizia che, fino a quel momento, non aveva mai registrato cedimenti o dubbi da sfatare. Gli studi approfonditi di Pippo, a rubare nozioni storiche come un cleptomane da biblioteca, gli appostamenti con la macchina fotografica, la dolcezza canuta di quella donna spiata dalla nostra ingenua arroganza, la decisione maturata già da tempo di invadere la vita privata custodita tra quelle mura barocche, che attendevano soltanto di essere violate. Non credo che tralasciai nulla, né lui pretese maggiori dettagli. Aveva lo sguardo di chi fosse già dentro quella casa a vestirsi da archeologo. A rovistare tra ricordi preservati da un oblio distratto, dentro vuoti volontari di memoria, quando l'età è così eccessiva che si ha paura di un eccesso di rievocazioni nostalgiche, rischiando di ricordare solo quelle che hanno provocato dolore.

"Forse abbiamo aspettato troppo" – il primo commento dell'amico alla mai sofferta confessione – "Ci sono tempi della riflessione, quando ti poni delle domande senza aspettare delle risposte, con troppa convinzione" – Carmeluccio proseguì le sue considerazioni con uno sguardo sognante che sapeva già di messa in pratica del progetto larvale solo accennato da Pippo.

"Si dovrebbe essere più istintivi, come quando spezziamo quel confine di pane, ribellandoci a regole mai scritte ma imposte da un'idea personale di educazione da impartire alle nuove generazioni. Si dovrebbe scrollare con veemenza quei condizionamenti che frenano l'istinto e trasformano la creatività di un essere umano in pura progettazione, fredda, scontata, prevedibile e che appiattisce tutti sotto il nome di un quieto vivere. Occasioni perdute, regalate all'ipocrisia dei nostri precettori. Rinvii a future circostanze che dovrebbero concederci riscatti, spesso più teorici che reali. Tutto questo crea depressi dell'età matura, tra rimpianti e remore che non potranno essere più barattati con nessuna nostalgia" – una fredda durezza dalle parole di Carmeluccio invase quell'atmosfera goliardica infantile, mentre ci riavviavamo verso casa.

"Non è casuale la curiosità di Pippo nei confronti di questa storia di un recente passato che sembra richiamarci un po' tutti, come davvero un metaforico canto delle sirene. Chi siamo noi per respingere questo richiamo? Perché, oltretutto, dovremo privarci di questa esclusiva opportunità di scavare tra le lacune storiche che ci accompagnano nella vita, accanto ad una eccessiva distrazione che non va oltre a qualche nozione scolastica che ci possa garantire un buon giudizio per il futuro?" – per un attimo, dal vuoto del suo sguardo vagante, si voltò a guardarmi aspettando uno scontato silenzio, truccato da risposte assecondatrici. Le domande di Carmeluccio cominciarono a fare presa sulla mia fantasia narcotizzata. Ripercorrevo a memoria l'ingresso di quella casa, le entrate e le uscite cadenzate di quella anziana donna e una curiosità sempre più stimolata da parole che pretendevano un'azione, mi fece immaginare l'oltraggio che inevitabilmente avremmo a breve compiuto. Non so perché, ma pensai all'acqua agognata delle vasche di mia nonna, come a un sogno mai del tutto compiuto nella realtà che restituisce rassegnazione, mentre spalancammo la porta per riporre la spesa infranta sul tavolo da cucina.

15

Pippo era davanti al portone ad aspettare che lo raggiungessimo. Una borsa a tracolla lo avvolgeva più di quanto il compito le fosse assegnato, risaltando la sua magrezza e la spigolosità del suo volto. Immaginai che contenesse almeno una macchina fotografica, tanto per non spogliarsi completamente del suo ruolo principale.

"Donna Santina deve essere uscita da poco" – le sue prime parole.

"Chi?" – fu la nostra risposta in polifonia, la mia, quella di Francesco e quella di Carmeluccio.

"È il nome della donna che abbiamo spiato per giorni. Quella a servizio di questa casa nella quale tra poco entreremo" – risposta essenziale di Pippo, che toglieva qualsiasi dubbio sul da farsi.

"Aspettiamo qualcun altro?" – l'immediata replica di Pippo che dimostrò, sin dai primi momenti, una certa apprensione a che tutti ci muovessimo nel più breve tempo possibile.

"Credo nessuno" – mi permisi di anticipare le sommarie risposte dei miei compagni. Avevo incontrato Fabio il giorno prima e mi aveva annunciato che lui non ci sarebbe stato. Mi confidò di non sentirsela e di essere poco adatto a questo genere di avventure, anche perché, aggiunse, soffriva da sempre di vertigini. Disse proprio "avventure", con una spontaneità che mi disarmò. Non avevo mai pensato che, quella che ormai era stato stabilito avremmo vissuto in qualsiasi momento, potesse ritenersi un'avventura. L'avevo sempre pensata come un approfondimento storico del nostro territorio, quasi una ricerca scolastica che ogni tanto ci veniva assegnata dal professore di turno per stimolarci ai lavori di gruppo. I professori ci dicevano che era un esercizio utile per unire le forze, mal distribuite, di ognuno di noi verso un obiettivo comune. Esperienze che si intrecciavano e fortificavano i rapporti, spesso troppo superficiali e incentrati esclusivamente nell'ambito scolastico. Mi sarebbe venuto più spontaneo, sfruttando i mesi di prove a recitare Pirandello, con la mia personale interpretazione dell'avvocato Scimè e l'aiuto dei miei compagni di scuola. Qui era tutto diverso. Il gruppo, con i suoi alti e bassi inevitabili, era consolidato da tempo. Anche io, che amavo le competizioni da singolo protagonista, come una gara di cento metri piani richiedeva, avevo stretto un sodalizio con quel drappello di esploratori allo sbaraglio che si ripeteva da anni, quasi quotidianamente. Non era azzardato chiamarla amicizia, con tutti i se e i ma che questa parola si trascina da sempre. Me ne resi conto solo in quel momento, mentre inebetiti guardavamo il nostro capofila, promosso sul campo, in attesa che impartisse gli ordini dei quali non aveva più importanza capirne la logica. O una semplice giustificazione.

Mancava anche Giuseppe perché Pippo aveva deciso di entrare in quella casa durante la settimana. Troppa confusione nei giorni di sabato e domenica e un maggiore rischio di attirare l'attenzione. Durante la settimana le persone erano impegnate a interpretare il quotidiano che le loro scelte di vita imponevano ormai da anni. Il rilassamento dallo stress che si registrava come una necessità nei fine settimana, alzava il livello di curiosità per qualsiasi possibile novità potesse rappresentare un gruppetto di adolescenti eccitati davanti a un palazzo secolare che, di norma, nessuno notava più di un distratto saluto quando capitava di incrociare la donna dai capelli canuti che tornava a casa al suo principale lavoro. Questa la sua spiegazione ufficiale, ma da qualche giorno avevo letto nei suoi occhi la insofferenza a dilazionare ancora nel tempo l'inizio di quel viaggio nella Storia.

Il portone era rimasto socchiuso, come prevedibile. Come sempre. Donna Santina aveva libero accesso a quella casa, senza la necessità di attendere che qualcuno le rinnovasse l'appuntamento quotidiano aprendole quel portone. Forse solo la notte veniva chiuso con maggiore accortezza. Lo avevamo notato qualche mattina di passaggio su quel marciapiede. Molto probabilmente la donna aveva la chiave che utilizzava solo due volte al giorno, la mattina per entrare e la sera per chiudere la giornata di una fatica truccata da vita quotidiana. Un leggero cigolio accompagnò la nostra invasione. Il primo a oltrepassare l'ingresso fu Carmeluccio, più che mai eccitato dalla novità e dalla bramosia di cercare le risposte che i racconti parziali di Pippo non erano riusciti a colmare del tutto la sua curiosità. Fu proprio lui il secondo a inoltrarsi nella penombra che ci accolse oltre il portone. Francesco e io entrammo quasi all'unisono voltandoci un attimo indietro a cercare una ormai improbabile via di fuga. Una luce fioca proveniva da una finestrella dai vetri opachi e impolverati, in alto da una delle pareti dell'atrio. Una scalinata scura, levigata e consunta faceva parte di un corridoio dalla volta a semicerchio che conduceva al piano superiore. I gradini imperfetti, forse in marmo annerito dal tempo più che da un colore naturale, alcuni presentavano delle crepe che deviammo come a temere di arrecare altro danno. A metà della scala un primo piccolo ingresso sulla sinistra. Era un portoncino di legno dal colore indefinito, troppo basso per fare pensare a una porta di una stanza. Ci diede l'idea di uno sportello di un montavivande che avevamo visto qualche volta in alcuni ristoranti. Pensai a quali segreti avesse custodito nei decenni, trascinati su e giù da personaggi del passato che potevo solo immaginare e ricostruirmi a mente. Nessuno pronunciò parola fino a quando Pippo, rompendo gli indugi, forzò la piccola porta di quello scrigno di segreti e, come una scena di un film d'avventura, ne estrasse una piccola scatola. Pensai a Fabio e al suo utilizzo, che avevo considerato improprio, della parola avventura.

"Aprila!" – non ricordo chi pronunciò questa scontata esortazione. Forse tutti nello stesso momento, quasi a voler scacciare la tensione e a soffocare la curiosità di ammirarne il contenuto. Pippo non era mai stato il tipo da attendere suggerimenti, prima di decidere il da farsi. Lo guardammo di spalle, mentre in ginocchio custodiva e proteggeva la scatola tra le gambe. Una serratura arrugginita provò ad opporsi alle mani di Pippo. Vedemmo il suo corpo irrigidirsi per un istante alla vista del contenuto. Lentamente, ad uno ad uno, superammo la sua sagoma per ritrovarci di fronte a quel piccolo forziere.

"Monete" – la sentenza di Pippo che ci tolse il gusto della sorpresa. Monete, anch'esse annerite dal tempo. Chissà da quanto tempo nascoste dietro quella porticina incustodita. Immaginai una storia di fuga, di eccessiva fretta da parte di qualcuno che, per una sopraggiunta ed imprevista calamità, fosse stato costretto a lasciare quella casa e, negli attimi appena precedenti alla sua uscita di scena, avesse pensato di nascondere quel piccolo tesoro, pensando di poter tornare a riprenderlo. Mi tornò in mente quell'accenno di lezione di storia che Pippo ci aveva impartito all'ombra del nostro amico gelso. Spedizioni liberatorie, giubbe rosse in corsa al domani, etichette da garibaldini per essere ricordati dai posteri tra mille eroi di un'Italia unita. Sentii il fruscio di quella giubba rossa che abbandona la casa paterna e va incontro alla gloria. Un'altra forma di corsa verso un traguardo da oltrepassare prima degli altri. Un tempo da infrangere per essere ricordati. Per sempre.

Ritornai su quei gradoni, risvegliato dal sonno dal tintinnio di quelle monete che passavano di mano in mano tra i miei compagni, sognanti protagonisti, figli della creatività letteraria di Stevenson. Ne avevo già viste di simili in altre occasioni. Qualcuna me l'aveva mostrata mia nonna nissena, solo per qualche breve istante, prima di essere riposta nel suo armadio segreto. Monete del Regno, un modo riduttivo per catalogare nello stesso periodo storico qualsiasi dischetto di metallo ossidato che riproducesse una faccia baffuta o, talvolta, uno scudo crociato. Non ci fu il tempo per ipotizzare un valore da dividere che Pippo era già qualche gradino più su, pronto a nuove esplorazioni. Lo scrigno era rimasto, ancora una volta, incustodito davanti al porticino ormai infranto. Carmeluccio con maggiore perizia si soffermò ancora qualche istante, girando e rigirando tra le dita alcune monete prelevate a caso.

"Potrebbe esserci qualche pezzo di valore, forse anche più di uno" –quella frase, quasi di ammonimento di Carmeluccio, mi tolse qualsiasi dubbio, se ce ne fosse stato bisogno, su una improbabile lacuna culturale dell'amico anche in materia numismatica.

"Le prendiamo al ritorno" – la replica immediata di Pippo, sempre più impaziente di raggiungere il piano superiore – "Sono rimaste lì chissà per quanti anni e donna Santina tornerà solo domani mattina. Avremo il tempo di recuperarle prima di lasciare la casa".

Carmeluccio non indugiò ulteriormente e saltellando sui gradoni, mostrando una inaspettata agilità che non gli avevo mai riconosciuto, in poco tempo raggiunse il resto del gruppo sul pianerottolo del piano superiore. Una porta, stavolta a misura d'uomo, era chiusa davanti al nostro cammino. La mano di Pippo, ferma ma bloccata come un fotogramma a immortalare una scena importante, era avvinghiata sulla maniglia. Non accennava in nessun modo ad abbassare la mano per fare scattare la serratura. Restammo fermi a osservarlo nella sua immobilità, immaginando ognuno di noi un sopravvenuto imprevisto del quale nessuno aveva prestato ascolto, eccetto Pippo. Sentiva il fiato della tensione che nessuno di noi riusciva a nascondere, a parte una sorta di apnea generale che, chissà perché avevo ritenuto fosse una mia esclusiva, motivata dalla concentrazione richiesta ai blocchi di partenza nelle mie personali competizioni. Avvertii un sentimento di invasione alle mie ambizioni segrete, come se ad un tratto, accettando la complicità di quel momento, fossi stato costretto a accogliere nel mio sogno il resto del gruppo. Quell'attimo di indecisione mi concesse l'opportunità di osservare con attenzione quella porta. Era una porta doppia, una di quelle tante volte viste nei film ambientate nell'Ottocento. Di legno, scorticato in più punti, tanto da non riuscire a identificare un colore originale strappato dall'usura del tempo. Mi venne in mente un'improvvisa apertura e l'apparire di un salone gigante, minacciato dall'alto da un enorme lampadario di cristallo sulle teste di centinaia di danzatrici e danzatori, dentro quei bizzarri e pesanti vestiti che avevo sempre creduto fossero indossati anche durante la notte per la difficoltà di liberarsi da quegli scafandri di velluto, fustagno o qualsiasi altro materiale tessile fosse stato usato per confezionarli. Pensai pure che, ad un certo punto, l'Angelica Claudia Cardinale mi venisse incontro ad accogliermi dentro quel secolo di rivoluzioni e speranze per un futuro migliore. Il mio silenzioso sorriso fu interrotto da un lento cigolio metallico che, finalmente, era il segnale di sblocco mentale di Pippo e l'ingresso in un altro ambiente di mistero. Ci accolse il buio. Quel buio che spezza lo sguardo quando si oltrepassa il confine tra un luogo bene illuminato e un altro completamento privo di luce. Si chiudono gli occhi in un'immediata reazione muscolare, una necessaria protezione che svuota la mente e introduce in un nuovo mondo sconosciuto, dove niente è distinguibile e i movimenti si fanno più prudenti, ignorando gli ostacoli che potrebbero essere posti sul nostro cammino. Reagimmo così d'istinto. Bloccammo i passi proprio dietro la sagoma di Pippo che tentava con sforzi immani di accelerare velocemente la capacità degli occhi ad abituarsi a quella scarsa condizione visiva. Passò qualche minuto, prima che un passo lento e circospetto della nostra guida cominciasse ad andare incontro a una nuova rivelazione. Un non so che di tetro, quasi gotico, come ebbe a precisare Carmeluccio, scavando ancora una volta nel suo bagaglio culturale, ci apparve alla vista. Pippo accese la torcia, svelandoci finalmente il contenuto della borsa a tracolla. Come una telecamera che, molto lentamente, si sposta in un piano sequenza, da sinistra a destra, così Pippo cominciò a muovere la torcia, illuminando gli oggetti colpiti dalla luce. Alcuni quadri appesi alle pareti, volti sconosciuti del passato, disturbati dalla nostra presenza. Ogni tanto un arazzo dai colori scomputi, mostrava alcune scene di caccia, con predatori del secolo passato e una muta di cani ritratti con il tartufo all'insù, ad annusare un'aria dipinta. A volte qualche pesante tenda in velluto, anch'essa scolorita dal tempo, nascondendo probabili finestroni chiusi da chissà quanto tempo, creava le pause della nostra curiosità. Un odore penetrante, "Puzza, direi" – furono le prime parole pronunciate da Francesco da quando eravamo entrati.

Una puzza, in effetti, di polvere stantia mescolata a muffa, invase le narici facendoci a turno starnutire. Nel frattempo, Pippo continuava la sua ripresa, scegliendo i punti sui quali soffermarsi e spostare la torcia dall'alto verso il basso, sperando che la scena gli potesse restituire tutto ciò che non era riuscito a rubare dalle pagine dei libri letti nei mesi precedenti. L'immagine era piuttosto monotona, un pezzo del passato lasciato dormiente da decenni, con una evidente intenzione di prolungare quel letargo il più possibile. Il salone che avevamo occupato era abbastanza ampio, ma solo dopo essere giunti alla parete opposta alla porta aperta da Pippo, prendemmo coscienza di trovarci in un ampio corridoio.

"Quelle tende non nascondono finestroni. Nascondono porte d'accesso ad altre stanze" – l'immediata intuizione di Carmeluccio chiarì immediatamente il malinteso. Fummo tentati ad allargare le due metà delle tende, a caso, senza una scelta ben definita, e provare ad entrare in un nuovo spazio da esplorare. Contammo cinque tendoni, distanziati con una precisione geometrica di equidistanza.

"I sistemi di costruzione con tagli geometrici ben definiti e collaudati, non sono invenzioni dell'uomo così detto moderno" – Carmeluccio avviò un'altra *lectio magistralis,* alla quale non potemmo rimanere in silenzio ed ascoltare.

"La capacità di tracciare linee intersecanti con una precisione che non oseremmo riconoscere, è ammirabile e riscontrabile visitando l'antica città di Pompei" – lessi nello sguardo stupito dei miei compagni un pensiero silenzioso che sapeva di "pure a Pompei è stato...".

"L'uomo moderno non ha inventato nulla di così innovativo, rispetto a quello che gli antichi Romani ci hanno lasciato in eredità" – Carmeluccio proseguì con maggiore veemenza.

"Sono cambiati i materiali utilizzati, che hanno condizionato inevitabilmente anche le tecniche di costruzione, ma i risultati non sempre sono stati all'altezza del livello di sicurezza che sarebbe stato necessario, specialmente in territori ad alto rischio sismico, come quello in cui viviamo noi".

Restammo immobili, in attesa che Carmeluccio continuasse la sua descrizione. Una sorta di pausa, quasi a voler riprendere fiato, ci lasciò interdetti sul da farsi. Come era prevedibile, soltanto Pippo sembrava impaziente di prendere la decisione se provare ad entrare in una di quelle stanze o proseguire, seguendo l'architettura planimetrica di quella casa.

"Proseguiamo, certi discorsi è meglio affrontarli con calma e in luoghi più tranquilli" – la prematura saggezza di Carmeluccio ci venne, ancora una volta, incontro.

16

Alle parole di Carmeluccio, seguì un altro momento di pausa. Voltammo lo sguardo verso Pippo per provare a intuire in anticipo quale sarebbe stata la sua prossima mossa che avrebbe coinvolto tutti. Lo vedemmo percorrere con lo sguardo indagatore la lunghezza del corridoio e quelle tende simmetriche così sapientemente descritte dal nostro esperto in materia. Intuimmo la sua indecisione sull'eventualità di spalancarne una o, addirittura, esplorare al di là di tutte le porte, raccogliendo tutto ciò che avrebbe saziato la sua fame di sapere, supportata e stimolata dalle perle di conoscenza che Carmeluccio continuava a intercalare tra una pausa e l'altra sul da farsi. Io e Francesco preferivamo rimanere in silenzio, perfetti nel nostro ruolo di discepoli in rispettoso mutismo per assorbire al meglio quelle nozioni che avrebbero colmato le nostre lacune sulle sommarie conoscenze che potevamo fino a quel momento rivendicare. Francesco, non troppo distante da me, sembrava in contemplazione e girava la testa da sinistra a destra, piegandola ogni tanto per amplificare l'ascolto di qualsiasi rumore potesse provenire da oltre quelle porte. In questi momenti si rimane in apnea, si soffoca qualsiasi parola possa essere prodotta dal cervello. Nessuno prende in mano la situazione e si espone oltre il dovuto a suggerire agli altri cosa sia meglio fare nell'immediato. Mi ritrovai a immaginarmi ancora una volta sulla linea di partenza di una nuova competizione. Meglio osservare estasiato la prossima gara che il mio emulo campione si sarebbe apprestato ad affrontare. Ma nessuno dei presenti, in quel tetro corridoio, dava segnali evidenti di un'immediata reazione allo start. Per correre verso cosa? Sapevo che dentro le menti di tutti era passato per un istante, magari solo per una brevissima frazione di tempo, l'idea di ripercorre i passi fatti, riscendere la scalinata e, oltrepassata la porta, dissolversi per strada tra la distrazione della gente. Perché in quell'attimo si può dimenticare qualsiasi progetto che si possa aver fatto per giustificare anche una vita che non abbia superato una larvale adolescenza. Ripensare alle cose condivise, alle occasioni perdute e alle parole che sarebbe stato giusto pronunciare al momento giusto. Forse da queste negligenze s'impara a crescere e a raccogliere nostalgie da accumulare nelle notti insonni dell'età della ragione sartriana. O, forse, saranno solo rimpianti che rattristano i giorni. Un rischio che nessuno di noi avrebbe voluto correre e che ci aveva spinto a ritrovarci insieme, proprio lì, dentro quel tetro corridoio, in attesa che la determinazione di Pippo avrebbe deciso il destino di quegli attimi di evasione mentale. Come capita spesso nei momenti di eccessiva riflessione, qualcosa sconvolge qualsiasi pensiero o ipotesi che la mente ricompone, assemblando pezzi di esperienza vissuta e sogni a occhi aperti. Come una partita a scacchi, programmare le mosse successive, le proprie e quelle degli altri, in una sequenza di movimenti ponderati che provocano conseguenze inevitabili. Alla fine, il successo di un progetto strategico. Più spesso, la consapevolezza di un azzardo destinato al fallimento. La nostra, forse, non era un'avventura, come Fabio aveva avuto l'ardire di definire. Era qualcosa di più di una mera curiosità adolescenziale, infantile addirittura, era una gara contro noi stessi, principalmente. Era dare una risposta diversa a giorni che si ricorrevano sempre alla stessa maniera. Monotonie interrotte da scaramucce di quartiere e un illusorio dominio delle nostre vite. In quel momento non era proprio il caso di bloccarsi davanti a ripensamenti inutili. Reagire allo sparo comporta l'obbligo di andare avanti, metro dopo metro, con gli occhi sbarrati in avanti, evitando di catturare un'ombra qualsiasi che corra accanto. Solo il traguardo, quella linea immaginaria di una conquista. Non importa oltrepassarlo prima degli altri. Peggio sarebbe, in ogni caso, fermarsi prima. E allora affidare il proprio destino nelle mani di un amico, anche lui timoroso di scelte sbagliate e non più sanabili. Spalancare una qualsiasi di quelle porte o raggiungere la fine di quel corridoio per lasciarsi alle spalle umane titubanze che conducono al nulla, non faceva più alcuna differenza. Qualsiasi decisione avrebbe preso Pippo, per tutti sarebbe stata quella giusta. Anche per Carmeluccio che avrebbe meritato un ruolo più consono, premio alla sua infinita sensibilità per tutto ciò che potesse rappresentare una sfida. Anche lui, con accondiscendenza, avrebbe seguito il resto del gruppo verso un qualsiasi ignoto da trascinarsi nel tempo, come un prezioso ricordo da custodire. Sì, come capita spesso nei momenti di eccessiva riflessione, qualcosa sconvolge qualsiasi congettura e cambia le regole del gioco, mettendo sul proprio cammino una sfida rinnovata. Delle voci, quasi incomprensibili, ovattate dallo spessore di quei muri secolari. Artefatte dal vuoto delle stanze oltre quelle porte. Non riuscimmo subito a capire da dove provenissero. Ancora una volta immobili a risvegliare i sensi dell'ascolto. Smorfie facciali a zittire improbabili domande che nessuno di noi, in quel momento, si sarebbe mai sognato di formulare. Il tono di quelle voci rimaneva costante, come se la manopola del volume di un amplificatore fosse stata bloccata da una mano misteriosa. Erano femminili, nessun dubbio al riguardo da parte di tutti. Una più limpida e squillante, ci diede la sensazione di un'impostazione votata a tante domande in attesa di risposte. L'altra pacata, più difficile da percepire. Attempata, come la definì Carmeluccio che non si accontentava di un aggettivo riduttivo per giudicare le situazioni. Attempata, a confermare una saggezza acquisita negli anni, messa a disposizione di chi, insieme a noi senza saperlo, si ritrovò in quell'angusto luogo per scavare nel passato di un'esistenza, provando a costruire il proprio futuro. Quelle voci furono anche le risposte alle nostre indecisioni. Non avremmo potuto spalancare nessuna di quelle porte. Non l'avremmo potuto fare, senza farci scoprire. Qualcuno aveva deciso per noi, rubandoci involontariamente la scelta di sbagliare da soli. Cercavamo di carpire quei discorsi smorzati, attraverso quelle pareti che ostacolavano il contatto tra il passato e il presente. Più difficile di quanto potessimo pensare. Non potevamo restare lì, raccogliendo parole spezzate che non saremmo mai stati in grado di ricompattare. Pippo ruppe gli indugi. Si diresse verso la fine del corridoio. Un'altra porta a specchiarsi su quella dalla quale eravamo entrati in quel buio ambiente. Ci accolse un'altra scalinata, più curata delle altre lasciate dietro. Raggiungemmo un ambiente superiore, una sorta di soppalco sul quale, lentamente, ci disponemmo in fila indiana. Le voci arrivavano dal pavimento, capimmo così che le due donne erano ospitate proprio da una di quelle stanze misteriose che avevamo rinunciato a esplorare. Attraverso alcune fessure sul pavimento, riuscivamo a vedere le due donne nella stanza sotto. Una più anziana, la voce pacata, seduta su una poltrona degna del miglior salone de *Il Gatto-*

pardo viscontiano. L'altra, indubbiamente più giovane, poneva domande da giornalista e, con perizia, annotava le risposte su un taccuino. Per un momento, fu come percorrere decenni di Storia risorgimentale. Nomi sconosciuti, mai letti nei libri scolastici, aleggiavano verso l'alto, uscendo con un bizzarro rispetto dalla bocca della donna anziana. Fu come scoperchiare una pentola di cazzate nozionistiche che faceva parte del nostro bagaglio culturale, trasmesso con noia necessaria dai nostri insegnanti. Fu come svelare un mistero, nascosto per troppo tempo che servisse a negare una verità scomoda. Fu come aprire la mente e sostenere un coraggio represso, oltre quella linea del traguardo che aveva rappresentato un limite, piuttosto che una libertà, nella quale rifugiarsi. Non aveva neanche importanza catturare tutti quei capitoli di vita che quell'anziana signora, umilmente, con la giusta nostalgia che quell'età richiede, centellinava con il suo tono pacato alla giornalista. Era sufficiente ascoltare, col dovuto rispetto, quelle memorie di vita vissuta. Quella vera, quella che nessuno può negare, perché è la tua vita. Giorno dopo giorno, preservata da chi ha provato a infangarla, raccontando una storia diversa che, neanche lontanamente, assomiglia alla tua. Riflettevo su tutto questo, forse lo stavamo facendo tutti. Poi, ad un tratto, davanti a me di qualche passo, vidi la sagoma di uno di noi scomparire nel vuoto. Forse era Pippo, immaginai che lo fosse perché in mente avevo impressa l'immagine sua davanti a tutti come capofila. Non ebbi il tempo di verificarlo, che un rumore secco di legna che si spezza, precedette il crollo nel vuoto di Francesco. Mi assalì il panico e la paura di crollare anch'io nell'ambiente sottostante. Fatalità, casualità, forse solo un gran colpo di culo, sentii le gambe cedere mentre altre canne, che assemblavano quell'arcaica soletta, si spezzarono sotto il mio peso. Ma forse per fatalità, casualità, sicuramente un gran colpo di culo, mi ritrovai a cavalcioni su una trave di legno, una delle tante che compattavano quei pannelli di canne e fango. Pensai a Carmeluccio, che nel frattempo persi di vista ritrovandomi solo in quella scomoda e insicura posizione. Gli avrei chiesto di erudirmi sulle tecniche costruttive dei secoli passati per edificare i solai, come a cercare un valido motivo che giustificasse quei crolli e la scomparsa dei miei compagni di "avventura". Carmeluccio non era vicino a me, nonostante i miei inutili sforzi di incrociare il suo sguardo, voltandomi a destra e a sinistra, per quel poco che la posizione precaria in cui mi trovavo, mi concedesse di fare. Non c'era molto da fare e non avevo alcuna intenzione di rimanere lì, a cavalcioni, in attesa che qualcuno mi prestasse soccorso. Mi alzai di scatto e mi ritrovai in piedi e in equilibrio sulla trave che mi aveva ospitato durante quegli interminabili minuti. Come un funambolo improvvisato, cominciai a percorrere quell'unico percorso di salvezza e, spinto dalla disperazione, d'un tratto mi ritrovai sulla scalinata che ci aveva condotto su quel solaio. Credo che in nessuna gara disputata avessi mai raggiunto la velocità con la quale scesi gli scalini, rampa dopo rampa, in un buio incerto e minaccioso. Il portone principale ancora socchiuso mi riportò in strada, proprio mentre donna Santina, con parsimonia, faceva ritorno a quella casa. Attraversai la strada per allontanarmi il prima possibile da quel luogo. Non pensai neanche un momento di verificare la sorte degli altri, importante era nascondersi da qualche parte e inventarsi un alibi che escludesse la mia presenza. Cominciai a camminare lentamente su quel marciapiede, correre avrebbe attirato l'attenzione e mandato a monte il mio proposito di rivendicare innocenza. Passai davanti al negozio del padre di Pippo, attento a non voltare lo sguardo verso la vetrina. Proseguii con la calma con la quale riuscivo a fatica a contenere l'adrenalina. Dove potevo andare? Mi domandavo continuamente mentre, senza una meta ben precisa, continuavo a calpestare quel marciapiede. D'un tratto mi venne in mente Filippo, un compagno di scuola con il quale a volte mi riunivo per studiare o, insieme ad altri, a ripassare il copione della novella pirandelliana. Mi indirizzai senza indugiare verso casa sua. Bussai e un'occhiata interrogativa mi accolse, facendomi entrare in casa. Filippo non era il tipo da troppe domande. Aspettava sempre che trovassi il coraggio e la voglia di confidarmi. Lui restava ad ascoltarmi in silenzio, evitando qualsiasi inutile commento. Accettava qualsiasi versione gli potessi rifilare, ogni qualvolta mi ritrovavo nei guai e gli chiedevo protezione. Anche quella volta, rimase in piedi a raccogliere la mia versione dei fatti. Poi con calma glaciale, andò in cucina dove lo sentii aprire il frigo. Tornò con una sambusoda e un bicchiere. Poi, come se non gli avessi raccontato nulla, si sedette sul divano e aprì un libro, mettendosi a leggere.

Non durò molto quel suo personale modo di riflettere sulle novità che gli venivano raccontate. Non riuscivo mai a capire come facesse a rimodulare a mente quanto aveva appena appreso e, contemporaneamente, entrare nella trama di un libro, senza confondere le due narrazioni. Era sempre stato per tutti l'amico spalla al quale rivolgersi nei momenti di depressione adolescenziale. Lo facevamo a turno, quasi tutti, i compagni di scuola. Casa sua era un porto di mare, come gli piaceva definirla, rubando un'espressione letteraria. Chi arrivava prima si accomodava in quel salone che ospitava qualsiasi momento di incontro. Il tavolo a ospitare i libri di scuola sui quali organizzare ripassi di gruppo, l'intera stanza un set improvvisato per provare i dialoghi della nostra commedia pirandelliana. Ogni tanto qualcuno portava qualcosa da bere o da mangiare, a sostenere quelle giovani menti pensanti pronte ad arricchirsi di erudizione. Filippo era un punto di rifermento per molti compagni, lo era anche per me, anche se spesso mi rimproveravo dell'opportunismo con il quale gestivo quell'amicizia. Uscì di casa, dopo aver appoggiato a terra il libro spalancato a dorso su. Senza dire una parola, mi fece cenno che sarebbe tornato presto e che avrei dovuto aspettare il suo ritorno.

“La vicenda ha già fatto il giro del paese, come prevedibile” – le sue prime parole rientrando nel salone.

“Certo, avete fatto un bel casino” – una sentenza prevedibile, ripensando alla paura passata e, sicuramente, al rumore provocato durante la fuga.

“Il tuo amico Francesco è stato soccorso dal dottor Caccia. Chiamato dalla famiglia, è corso subito ad accertarsi delle condizioni, poiché girava la voce che le sue condizioni fossero addirittura disperate. Alla fine ho scoperto che fosse caduto nel circolo delle comari, andando a colpire un frigorifero con la schiena. Niente di grave, tranquillo. Tanto spavento e la classica esagerazione che si enfatizza di bocca in bocca, in questi casi”.

Da grande avrebbe fatto il poliziotto. Pensai così del mio amico Filippo. La sua capacità di ricostruire e raccogliere informazioni era epica. Per molti era il classico *cuttigghiaru* che curiosava in giro per avere argomenti da confidare agli amici. Un’accusa ingiustificata, visto che poi andavano tutti da lui per conoscere i dettagli per qualsiasi cosa sconvolgesse la monotonia di paese. Si sedette sul divano, raccogliendo il libro spalancato e trattenendolo in mano con un dito a mantenere il segno della lettura interrotta.

"La cosa più buffa è stata la presenza di un furgoncino con dei strani adesivi incollati sui dorsi. Qualcuno ha detto che fossero gli esperti sui terremoti di un non ben precisato centro di ricerca di Catania. Altri che fossero una squadra di sgombero di detriti edilizi, chiamati per liberare la casa che avete visitato dalle macerie provocate dalle vostre cadute. Anzi, delle loro cadute, visto che mi hai raccontato che tu sei riuscito a passarla liscia. O no?".

"Ma perché c'era quel furgoncino?" – provai a replicare, anche per dimostrargli che lo stavo ascoltando con un certo interesse.

"Perché le donne e le ragazze del circolo del taglio e cuci, non appena il primo di voi ha sfondato il pavimento finendo di sotto, sono scappate fuori prese dal panico gridando che ci fosse stata una scossa di terremoto. Il ricordo della forte scossa di qualche tempo fa, non è ancora stato rimosso".

"E Pippo? Hai visto Pippo o hai sentito qualche notizia su di lui?"

"Nessuno lo ha nominato, come se non ci fosse mai stato. Ma sei sicuro che fosse con voi?" – Filippo mi pose la domanda in modo provocatorio, alludendo alla mia dipendenza reverenziale nei confronti del carisma di Pippo, come molte volte mi aveva rimproverato di non saper controllare. Poi proseguì.

"Carmeluccio ha fatto subito rientro a casa, impaurito com'era dalla caduta. Voci raccontano che la madre, prima lo ha lisciato a dovere, poi gli ha chiesto cosa fosse successo. Insomma, sulla falsariga del cinese che torna a casa e picchia la moglie non sapendo il perché ma sicuro che la moglie conosca bene il motivo" – seguì una soffocata risata, in attesa che io la potessi condividere o ignorare.

"Ho incontrato i tuoi. Ho riferito che sei stato sempre a casa mia a studiare. Sembra ci abbiano creduto. Ho anticipato le tue intenzioni e ho riferito che, forse, saresti rimasto a dormire a casa mia e che l'indomani saremmo andati a scuola, insieme agli altri compagni".

Adesso ero al corrente praticamente di tutto quanto fosse accaduto dopo la mia fuga. Non restava che aspettare il giorno dopo e farmi ospitare dalla famiglia di Filippo per quella notte. Nessuno di casa mia sarebbe venuto a cercarmi.

Epilogo

Atterrare a Fontanarossa innalza sempre il livello di adrenalina che, forse, neanche l'intero volo riesce a trasmettere. Si può rimanere ad ammirare il panorama dall'oblò fino all'ultimo istante della fase di atterraggio, proprio mentre gli altri passeggeri sono già con il culo leggermente sollevato e il pensiero rivolto alle cappelliere che ospitano il bagaglio a mano. Ci sarà sempre un valido motivo per distrarsi da quella baraonda mentale e quel vociare che palesa una bizzarra voglia di mettere al più presto i piedi per terra. La fase di atterraggio si completa con un ingresso sorvolando il mare, in pieno stile cinematografico d'effetto. A volte ci si mette anche l'Etna a sputare fuoco in una delle sue tante eruzioni tranquillizzanti. Si può davvero affermare che atterrare a Fontanarossa comporta un rischio ponderato che, solo in ultima analisi, concede un pensiero alle reali capacità del pilota di condurre in aeroporto.

Avevo soltanto uno zaino rosso, compagno di viaggio da sempre, che racchiudeva l'essenziale per quel ritorno in terra madre. Un'immagine molto lontana dalla monopolizzata figura dell'emigrante che, tornando dalle città del nord, per studio o per lavoro, si trascina il fardello di una mai del tutto ambientazione. Non solo figurativa. Il tempo necessario che la navetta si bloccasse davanti alla porta a vetri, mi ritrovai sul corridoio che conduce all'uscita. In queste circostanze, è curioso come, pur sapendo già da tempo chi si troverà al di là dell'ultimo passaggio tra nastri trasportatori, agenti della dogana e ancora altre porte scorrevoli, si scrutino i volti degli altri parenti e amici che attendono all'esterno, finendo spesso per non riconoscere i volti dell'attesa. Caddi anch'io nell'inganno visivo di chi si perde tra abbracci, sorrisi e nomi urlati ad attirare l'attenzione dei viaggiatori distratti. Un breve istante di smarrimento, subito superato quando avvistai Giuseppe e Francesco che, con sguardo ironico, mi lasciarono subito intendere che l'oggetto del loro divertimento era quel mio colore sbiadito e condiviso con gli altri passeggeri, dopo mesi trascorsi a cercare un raggio di sole pallido sul quale specchiarsi.

Alla guida si mise Francesco, come del resto accadeva sempre dai tempi delle prime esperienze di guida adolescenziali. Appassionato di qualsiasi competizione automobilistica, impersonò alla perfezione il ruolo del pilota di rally, sacrificato ad una poco congeniale prudenza per non incorrere in infrazioni cittadine che non avrebbero garantito condoni. Arrivammo alla tangenziale con un riflessivo silenzio a farci compagnia. Distratto da quelle immagini mobili che scorrevano dal finestrino, guardavo a sinistra a Muntagna, intenta a rilasciare boccate di fumo, mai paghe. Sulla destra immaginavo il mare che avrei avvistato da lontano percorrendo le uscite dell'autostrada che attraversavamo senza interesse, con in mente l'unica uscita che ci avrebbe riportato in un attimo alla nostra infanzia.

"Che aria tira al nord?" – Giuseppe sbloccò l'indugio di un eccessivo e superfluo silenzio, troppo prolungato per amici che non si vedevano da qualche tempo.

"L'aria del continente!" – risposi d'istinto come ad interpretare uno sketch comico, più da jeans consumati sugli scalini in pietra della piazza di paese che di un più nobile palcoscenico della vita. Vivevo la sensazione di chi, più che non avere argomenti con i quali dialogare durante il tragitto, sentisse il bisogno di godersi il panorama e quel suono ovattato all'interno dell'abitacolo, in attesa di rinviare qualsiasi discussione o scambi di esperienze una volta giunti a destinazione. Lo stile di guida di Francesco invitava all'abbandono, tra pensieri dissociati e nostalgie dell'età matura. Stare seduti dietro, specialmente percorrendo un'autostrada, ha i suoi vantaggi. Poter girare lo sguardo su ogni lato invitante, bloccando per qualche secondo un'immagine da riportarsi a casa, non importa se solo nella mente che ha bisogno di aggrapparsi a un ricordo. A una appartenenza che, durante lunghi mesi di assenza, si crede di avere smarrito. Giuseppe e Francesco parlavano e ridevano tra loro, così almeno ogni tanto mi sembrava di carpire dal labiale che avevo attenuato, in cerca di un'ombra del passato che mi riportasse in un istante a quel soppalco sfondato dalla nostra puerile imprudenza. Nonostante le intenzioni, ben presto mi resi conto che quel trasferimento in auto rischiava di trasformarsi in un'alienazione, rifugiandomi inutilmente in un angolo del passato con la paura di condividerlo. Decisi quindi di spezzare quel silenzio, più mio, visto che i due amici sui sedili anteriori continuavano a discutere, alternando momenti di malinconica riflessione con pause di sonora ilarità. Francesco ogni tanto sbirciava le mie mosse dallo specchietto, evitando il mio sguardo per non farsene accorgere, come se tutto questo fosse possibile. Giuseppe, invece, parlava guardando il panorama sulla destra e rispondendo alle parole di Francesco.

"Hai ancora la cicatrice sulla schiena?" – mi venne spontaneo chiedere. Francesco sapeva che fosse lui il destinatario di quella strana curiosità. Non rispose subito, restando concentrato nella guida e, per inghiottire un groppo emotivo che, involontariamente, gli avevo risvegliato, sbraitò con i soliti autisti arroganti che ci lampeggiavano insistentemente da dietro, a pochi centimetri dal posteriore dell'auto. Giuseppe rimase sorpreso da questa dilazione non prevista di Francesco e si voltò a guardarlo, come se volesse incoraggiarlo a una risposta.

"Credo che sia scomparsa quasi del tutto" – Francesco si decise finalmente a dare una risposta.

"Qualche volta mi passo la mano sulla schiena, provando a stabilire un contatto, ma non so se sia per un immotivato timore, ma non riesco mai a individuarla".

"Certe cose forse è meglio dimenticarle presto" – provai a replicare, quasi a volere sostenere l'imbarazzo di Francesco con una scusa attendibile.

"Sai cosa ricordo io di quel giorno?" – non posi quella domanda come se dovessi aspettarmi una risposta da uno dei due.

"Una bottiglietta di sambusoda che mi offrì un mio ex compagno di scuola quando andai a rifugiarmi a casa sua" – una risata soffocata mi fu restituita alla quale, senza troppi indugi, mi accodai ricompattando un'amicizia.

"Qualche volta questa storia mi ritorna in mente" – Francesco provò a restituirmi una replica – "Tutte le volte che la terra torna a tremare per qualche scossa, qui poi capita di frequente. Magari anche quando l'Etna ci ricorda chi comanda in questa zona" – un sorriso accompagnò questo ultimo concetto, condiviso anche questa volta da tutti.

"Prima o poi una colata catastrofica coprirà tutto. Forse per sempre" – Francesco amava esternare questo suo realismo da apocalisse. Un suo personale modo di risolvere i problemi del mondo, più semplicemente attirare l'attenzione.

"Già, ma dimentichiamo spesso che l'Etna è lì da qualche milione di anni. Siamo noi, intendo l'umanità, ad aver invaso i suoi spazi. Ogni tanto, se li riprende e come risposta affidiamo la nostra salvezza a un potere celeste, come se fosse un diritto la sopravvivenza" – mi sembrò giusto puntualizzare.

"E le tue battaglie contro il tempo con le scarpe sempre troppo incollate all'asfalto del lungomare?" – Francesco provò a indirizzare la discussione su argomenti più stimolanti, almeno nei miei confronti, pensai di leggere così nelle sue intenzioni.

"Tempo dopo mi sono ritrovato davanti alla tv, ricordo questo in modo particolare" – ripresi il discorso, variando l'argomento e volendo personalizzare un po' quello scambio di ricordi - "Stavolta non fu davanti alla vetrina del negozio di don Santino. Ero seduto su un divano nel soggiorno di una casa, non mia. Penso a casa di qualche amico, ma non ricordo bene" – seguì un attimo di silenzio, mentre provavo a focalizzare il ricordo e definirne maggiori dettagli.

"Era estate, faceva caldo, questo è sicuro. Qualcuno mi aveva passato un bicchiere di tè freddo che sorseggiavo lentamente, sempre attento in queste occasioni a non perdermi nessun particolare. C'era di nuovo Pietro, protagonista di un momento. Altri duecento metri da rosicchiare nel più breve tempo possibile. Un inglese e un paio di sudamericani a contendergli il successo. Non potevo rinunciare ad incrociare lo sguardo del campione, ancora una volta" – mi ci volle poco per tornare a sognare a occhi aperti sulla mia passione, non ancora archiviata del tutto.

"In quella occasione la sfida era ambientata a Mosca, Olimpiadi, l'evento sportivo per eccellenza, quello che corona il sogno di una vita. E lo fa per sempre. Potresti collezionare infiniti piazzamenti, più o meno soddisfacenti, ma la medaglia al collo alle Olimpiadi giustifica anni di sacrificio e di sfide con sé stessi, prima ancora che contro gli altri" – per qualche chilometro la domanda di Francesco mi concesse di monopolizzare la discussione.

"Ancora una volta mi sembrò di poter scambiare uno sguardo di intesa con il campione. Occhi spiritati che il regista televisivo riuscì a mettere a fuoco, attirando ancor di più l'adrenalina di chi, in quel momento, affidò il proprio riscatto sociale, forse solo d'orgoglio represso, a quei venti secondi, poco più o poco meno, che dividevano da un urlo liberatorio".

"La partenza di Pietro non fu di quelle fulminee che presagissero un risultato positivo. Anni dopo, qualche giornalista sportivo affermò che quella non era mai stata una caratteristica del campione. Un ultimo sguardo alla telecamera, ricordo che mi raddrizzai sul divano, sporgendomi in avanti verso il teleschermo. Non avrei perso nessun particolare di quei venti secondi della gara" – mi sembrò davvero di rivedere la diretta televisiva, mentre l'auto scivolava senza particolari strappi sull'autostrada, sotto la disinvolta guida di Francesco.

"L'inglese era partito come se rincorso da una muta di cani" – ripresi il racconto – "veloce, equilibrato, movenze al limite della perfezione. Sullo stesso livello i due sudamericani, mentre il campione arrancava in curva sforzandosi almeno a lottare per il terzo posto, sempre prestigioso in una finale olimpica. Fu proprio dopo l'ultimo metro della curva che l'orgoglio e la reazione che sapeva di voglia di vincere, innescò il ritmo forsennato di Pietro. Passo dopo passo, centimetro dopo centimetro, centesimo dopo centesimo, rosicchiò il distacco fino a superare l'inglese sul filo del traguardo. 20"19, il tempo finale. Appena due centesimi in meno dell'inglese. Medaglia d'oro".

Presi una pausa, quasi a voler verificare una minima reazione dei due interlocutori seduti davanti. Francesco, per non smentirsi, buttò un'altra breve occhiata allo specchietto retrovisore. Stavolta lo sguardo era interrogatorio, di chi si aspetta la fine della storia e la risposta alla sua domanda. Giuseppe, meno espansivo nelle sue manifestazioni emotive, continuò a sbirciare il panorama che fuggiva dal finestrino.

"Ricordo che scivolai col culo dal cuscino del divano per l'emozione" – sapevo che avrei provocato una risata collettiva, che non tardò ad arrivare.

"Per un momento, restai immobile a guardare e riguardare il rallenty di quegli ultimi metri verso la gloria, anche quando la televisione non lo riproponeva" – gli stessi occhi spiritati del campione, si specchiarono sullo specchietto retrovisore, mentre Francesco aggiunse un sorriso di complicità che mi riportò a quella "avventura" condivisa nell'infanzia.

"Da allora non ho più corso. Quel successo insperato del campione segnò la fine della mia carriera. Appesi i sogni al muro" – chiusi con una battuta il mio racconto.

Pochi chilometri dopo Francesco imboccò la rampa di uscita dall'autostrada. Uno strano silenzio ci avvolse d'improvviso, subito dopo il casello e durante l'intero percorso che ci divideva dalla destinazione finale. Ebbi l'impressione che appositamente Francesco rallentò l'andatura, quando superammo il cartello stradale che annunciava l'ingresso in paese. Una sorta di desolazione non prevista ci accolse. Le strade praticamente del tutto vuote, non incontrammo nessuno, né alcun rumore di vita quotidiana sembrò avesse deciso di non disturbare il nostro arrivo. Cercai con lo sguardo la casa che, in ogni caso, continuava a tenerci uniti. Non la trovai perché non c'era più. Al suo posto, un palazzo moderno invadeva il nostro fedele marciapiede, cancellando per sempre un frammento di Storia rosicchiato dall'ingenuità di un gruppo di ragazzi, qualche decennio prima. C'era pure una banca a mostrarsi nella sua contraddizione. Era diventata l'angolo divoratore dei nostri giochi da adolescenti. Il nostro cortile era stato violentato da un'ennesima speculazione edilizia, assecondata da compiacenti amministrazioni che guardavano a un futuro, troppo diverso da quello che avevamo sognato.

“Hanno trovato diversi cimeli, durante gli scavi per realizzare le fondamenta” – Francesco interruppe la magia di quel dovuto silenzio che la nostalgia aveva preteso fino a quel momento – “sono raccolti al museo risorgimentale, nome altisonante, coniato per simulare un’attenzione al passato e al dovere di tutelarlo”.

Fin troppo esplicativo il sarcasmo di Francesco. Saremmo potuti rimanere lì, davanti ai ricordi, alle occasioni perdute, ai traguardi sognati e a quelli accantonati. Sì, perché crescendo si perde l’azzardo di trasformare i pensieri in racconti da custodire per i posteri. La vita cambia sufficientemente per trasformare la follia in rassegnazione. Ne eravamo consapevoli, ma in quel momento, provammo a rinnegare una routine scontata. Qualcosa o qualcuno ci aveva chiamati in quel posto, a celebrare il ricordo di un capitolo di vita che, forse, avremmo dovuto apprezzare di più durante gli anni che ci eravamo lasciati dietro, scivolati nella presunzione che ogni attimo della propria vita attuale sia più degno di essere vissuto di un puerile gioco di strada.

Lasciammo l'auto parcheggiata sulla strada, proprio di fronte a quello che era stato il simbolo della nostra esplorazione e ci incamminammo verso la chiesa. Un annuncio mortuario era incollato sul lato destro del portone. Rimanemmo fuori, troppa gente tra noi e l'interno della chiesa. I tocchi di campana, ovattati dal vociare delle persone rimaste fuori, annunciò l'inizio della funzione. Mi voltai a guardare quella moltitudine di paesani, provando a riconoscerne qualcuno. Qualche metro più in là, individuai una figura familiare che mi riportò alle mie corse folli sul lungomare. Riconobbi Fabio. Un impercettibile cenno di saluto, con gli occhi che si chiudono per l'imbarazzo, per fuggire subito dopo verso un qualsiasi motivo di distrazione. Lanciai un'occhiata alle sue mani, nessun cronometro tra le sue dita. Su un *bisolo*, poco distante dall'ingresso della chiesa, incrociai lo sguardo di Pippo, seduto nella sua personale disperazione. Mi avvicinai, facendomi largo tra la folla. Una veloce stretta di mano, neanche una parola a spezzare quell'incanto di solidarietà. Un attimo dopo, ero di nuovo perso nei miei pensieri, con l'ultima immagine di Pippo con il volto segnato dalle lacrime.

Non so quanto durò la funzione, un lasso di tempo a prendere coscienza di come il dolore possa essere controllato. Immagini che si inseguivano tra una parola e l'altra carpita da discorsi di strada, nell'attesa che il feretro uscisse dal sagrato. Fu per me come rinviare all'infinito quel momento. La necessità di fermare il tempo e procrastinare la rassegnazione a un tempo indefinito. Ma la realtà è più cruda di quanto si possa pensare. Non fa sconti a nessuno. Un intenso odore di incenso si propagò fuori dalla chiesa, mentre il prete portava a termine il rituale dell'ultimo saluto.

Proprio mentre, bloccato dall'inerzia di chi sarebbe fuggito lontano da quella drammatica situazione, provavo a trovare un piccolo spazio che rappresentasse una via di fuga, mi sentii toccare la spalla. Mi voltai d'istinto, pensando che Francesco o Giuseppe fossero venuti a riprendermi. Un uomo attempato, segnato dall'età, lo sguardo quasi assente, che non faticai a riconoscere come il padre, con un tono di voce soffocato dal dolore, mi chiese: "Te lo ricordi Carmeluccio?"

Nota di edizione

Questo libro

Piero Buscemi
La casa del diavolo

ZeroBook

Il palazzo poi aveva una vetrata opaca che nascondeva le scale che conducevano ai piani superiori. Per accedere agli appartamenti occorreva salire i gradini di una scalinata di marmo consunto e bucherellato dal tempo. Spesso ci sedevamo, noi ragazzi, su quei gradini a progettare fantasie con le quali far trascorrere il tempo delle nostre giornate.

L'autore

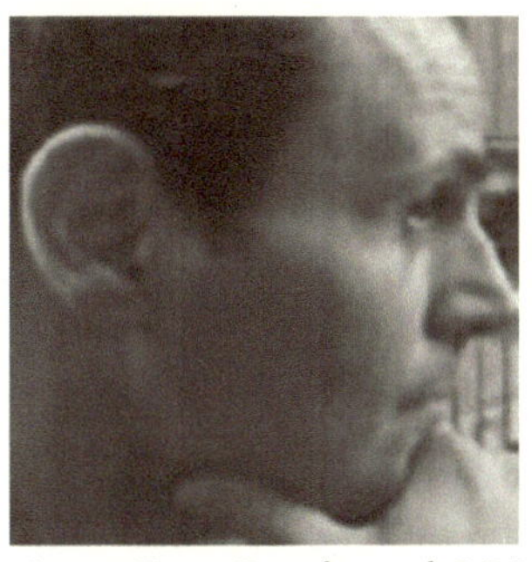

Piero Buscemi è nato a Torino nel 1965. Redattore del periodico online www.girodivite.it, ha pubblicato : "Passato, presente e futuro" (1998), "Ossidiana" (2001, 2013), "Apologia di pensiero" (2001), "Querelle" (2004; nel 2021 in edizione ZeroBook, nel 2022 in edizione inglese), *L'isola dei cani* (2008, ZeroBook 2016), "Cucunci" (2011), "Le ombre del mare" (2017, edito da Bibliotheka – nel 2025 riedito da ZeroBook), *Enne* (ZeroBook 2020). Ha curato l'antologia di poesie *Accanto ad un bicchiere di vino* (ZeroBook 2016); e le antologie di articoli di vari autori pubblicati su Girodivite: *Parole rubate* (2017), *Celluloide* (2017). Per il volume di poesie *Iridea* di Alice Morino (ZeroBook, 2019) ha contribuito con una scelta di suggestioni fotografiche. Vincitore di diversi premi letterari, alcuni suoi racconti e poesie sono contenuti in alcune antologie nazionali. Il romanzo "Querelle" è stato tradotto in inglese e pubblicato dalla Pulpbits Press (Stati Uniti). Nel 2022 pubblica la raccolta di articoli dedicati al tennis *Di dritto e di rovescio : L'importanza del raccattapalle ed altre storie* (ZeroBook); nel 2023 il romanzo I*l giudizio dell'acqua* (ZeroBook). È tra i fondatori dell'Associazione culturale "Aromi Letterari" di Messina. Sostenitore di Greenpeace, di Amref, collabora con le attività condotte da Amnesty International, è donatore sangue Avis.

Le edizioni ZeroBook

Le edizioni ZeroBook nascono nel 2003 a fianco delle attività di www.girodivite.it. Il claim è: "un'altra editoria è possibile". ZeroBook è una piccola casa editrice attiva soprattutto (ma non solo) nel campo dell'editoriale digitale e nella libera circolazione dei saperi e delle conoscenze.

Quanti sono interessati, possono contattarci via email: zerobook@girodivite.it

O visitare le pagine su: https://www.girodivite.it/-ZeroBook-.html

Ultimi volumi:

Torno a voi con una domanda : un ricordo di Manlio Sgalambro

Spazi limitali / di Alessandra Condello

Tutti gli uomini della DC a Lentini / di Ferdinando Leonzio

Lenin centenario #lenin100 / con saggi di Billi, Bravo, Cangemi, La Porta

Il giudizio dell'acqua / di Piero Buscemi

Donne nel socialismo / di Ferdinando Leonzio

Dalla parte del torto / di Adriano Todaro

Come il volo irregolare di un aquilone / di Ignazio Vanadia

Mafie e dintorni : Il fenomeno delle mafie e i loro rapporti con lo Stato e la società civile / Franco Plataroti

L'Italia a fumetti / di Ferdinando Leonzio

Qualche parola (2015-2022) / di Luigi Boggio

Sonetti / di William Shakespeare ; tradotti in siciliano da Prospero Trigona

Edifici di città: Roma 2020-2021 / Pierluigi Moretti

Perduti luoghi ritrovati : Poggioreale Antica / di Roberta Giuffrida

Delitto a Nova Milanese : venticinque righe nelle "brevi" / Adriano Todaro

Abbiamo una Costituzione : Ideologie, partiti e coscienza democratica costituzionale / Gaetano Sgalambro

Emma Swan e l'eredità di Adele Filò / di Simona Urso

Otello Marilli / di Ferdinando Leonzio

Autobianchi : vita e morte di una fabbrica / di Adriano Todaro ; prefazione di Diego Novelli

Accanto ad un bicchiere di vino : antologia della poesia da Li Po a Rino Gaetano / a cura di Piero Buscemi

Il cronoWeb / a cura di Sergio Failla

L'isola dei cani / di Piero Buscemi

Saggistica:

I Sessantotto di Sicilia / Pina La Villa, Sergio Failla (ISBN 978-88-6711-067-4)

Il Sessantotto dei giovani leoni / Sergio Failla (ISBN 978-88-6711-069-8)

Antenati: per una storia delle letterature europee: volume primo: dalle origini al Trecento / di Sandro Letta (ISBN 978-88-6711-101-5)

Antenati: per una storia delle letterature europee: volume secondo: dal Quattrocento all'Ottocento / di Sandro Letta (ISBN 978-88-6711-103-9)

Antenati: per una storia delle letterature europee: volume terzo: dal Novecento al Ventunesimo secolo / di Sandro Letta (ISBN 978-88-6711-105-3)

Il cronoWeb / a cura di Sergio Failla (ISBN 978-88-6711-097-1)

Il prima e il Mentre del Web / di Victor Kusak (ISBN 978-88-6711-098-8)

Col volto reclinato sulla sinistra / di Orazio Leotta (ISBN 978-88-6711-023-0)

Il torto del recensore / di Victor Kusak (ISBN 978-6711-051-3)

Elle come leggere / di Pina La Villa (ISBN 978-88-6711-029-2

Segnali di fumo / di Pina La Villa (ISBN 978-88-6711-035-3)

Musica rebelde / di Victor Kusak (ISBN 978-88-6711-025-4)

Il design negli anni Sessanta / di Barbara Failla

Maledetti toscani / di Sandro Letta (ISBN 978-88-6711-053-7)

Socrate al caffé / di Pina La Villa (ISBN 978-88-6711-027-8)

Le tre persone di Pier Vittorio Tondelli / di Alessandra L. Ximenes (ISBN 978-88-6711-047-6)

Del mondo come presenza / di Maria Carla Cunsolo (ISBN 978-88-6711-017-9)

Stanislavskij: il sistema della verità e della menzogna / di Barbara Failla (ISBN 978-88-6711-021-6)

Quando informazione è partecipazione? / di Lorenzo Misuraca (ISBN 978-88-6711-041-4)

L'isola che naviga: per una storia del web in Sicilia / di Sergio Failla

Lo snodo della rete / di Tano Rizza (ISBN 978-88-6711-033-9)

Comunicazioni sonore / di Tano Rizza (ISBN 978-88-6711-013-1)

Radio Alice, Bologna 1977 / di Lorenzo Misuraca (ISBN 978-88-6711-043-8)

L'intelligenza collettiva di Pierre Lévy / di Tano Rizza (ISBN 978-88-6711-031-5)

I ragazzi sono in giro / a cura di Sergio Failla (ISBN 978-88-6711-011-7)

Proverbi siciliani / a cura di Fabio Pulvirenti (ISBN 978-88-6711-015-5)

Parole rubate / redazione Girodivite-ZeroBook (ISBN 978-88-6711-109-1)

Accanto ad un bicchiere di vino : antologia della poesia da Li Po a Rino Gaetano / a cura di Piero Buscemi (ISBN 978-88-6711-107-7, 978-88-6711-108-4)

Neuroni in fuga / Adriano Todaro (ISBN 978-88-6711-111-4)

Celluloide : storie personaggi recensioni e curiosità cinematografiche / a cura di Piero Buscemi (ISBN 978-88-6711-123-7)

Sotto perlaceo cielo : mito e memoria nell'opera di Francesco Pennisi / di Luca Boggio (ISBN 978-88-6711-129-9)

Per una bibliografia sul Settantasette / Marta F. Di Stefano (ISBN 978-88-6711-131-2)

Iolanda Crimi : un libro, una storia, la Storia / di Pina La Villa (ISBN 978-88-6711-135-0)

Autobianchi : vita e morte di una fabbrica / di Adriano Todaro

prefazione di Diego Novelli (ISBN 978-88-6711-141-1)

Dizionario politico-sociale di Nova Milanese : Passato e presente / Adriano Todaro (ISBN 978-88-6711-151-0)

Abbiamo una Costituzione : Ideologie, partiti e coscienza

democratica costituzionale / Gaetano Sgalambro (ebook ISBN 978-88-6711-163-3, book ISBN 978-88-6711-164-0)

La peste di Palermo del 1575 / di Giovanni Filippo Ingrassia (ebook ISBN 978-88-6711-173-2)

Permesso di soggiorno obbligato / redazione Girodivite (ebook ISBN 978-88-6711-181-7, book ISBN 978-88-6711-182-4)

Qualche parola (2015-2022) / di Luigi Boggio (ebook ISBN 978-88-6711-215-9, book ISBN 978-88-6711-216-6)

Di dritto e di rovescio : L'importanza del raccattapalle ed altre storie / di Piero Buscemi (ebook ISBN 978-88-6711-217-3, book ISBN 978-88-6711-218-0)

Mafie e dintorni : Il fenomeno delle mafie e i loro rapporti con lo Stato e la società civile / Franco Plataroti (ebook ISBN 978-88-6711-223-4, book ISBN 978-88-6711-224-1)

Torno a voi con una domanda : un ricordo di Manlio Sgalambro (ebook 978-88-6711-242-5, book 978-88-6711-241-8)

Narrativa:

L'isola dei cani / di Piero Buscemi (ISBN 978-88-6711-037-7)

L'anno delle tredici lune / di Sandro Letta (ISBN 978-88-6711-019-3)

Emma Swan e l'eredità di Adele Filò / di Simona Urso (ISBN 978-88-6711-153-4)

Delitto a Nova Milanese : venticinque righe nelle "brevi" / Adriano Todaro (ebook ISBN 978-88-6711-171-8, book ISBN 978-88-6711-172-5)

Enne / Piero Buscemi (ebook ISBN 978-88-6711-179-4, book ISBN 978-88-6711-180-0)

Orientale Sicula : Proebbido entrari ed altri racconti / di Alfio Moncada (ebook ISBN 978-88-6711-193-0, book ISBN 978-88-6711-194-7).

Uno sporco anello / di Adriano Todaro (ebook ISBN 978-88-6711-205-0, book ISBN 978-88-6711-206-7)

Come il volo irregolare di un aquilone / di Ignazio Vanadia (ebook ISBN 978-88-6711-225-8, book ISBN 978-88-6711-226-5)

Dalla parte del torto / di Adriano Todaro (ebook ISBN 978-88-6711-227-2, book ISBN 978-88-6711-228-9)

Querelle / di Piero Buscemi (ebook ISBN 978-88-6711-201-2, book ISBN 978-88-6711-202-9)

Il giudizio dell'acqua / di Piero Buscemi (ebook ISBN 978-88-6711-231-9, book ISBN 978-88-6711-232-6)

Poesia:

Il bambino è il mondo / di Emanuele Gentile (ISBN 978-88-6711-197-8)

Raccolta di pensieri / di Adele Fossati (ISBN 978-88-6711-190-9)

Iridea / poesie di Alice Molino, foto di Piero Buscemi (ISBN 978-88-6711-159-6)

Il libro dei piccoli rifiuti molesti / di Victor Kusak (ISBN 978-88-6711-063-6)

L'isola ed altre catastrofi (2000-2010) di Sandro Letta (ISBN 978-88-6711-059-9)

La mancanza dei frigoriferi (1996-1997) / di Sergio Failla (ISBN 978-88-6711-057-5)

Stanze d'uomini e sole (1986-1996) / di Sergio Failla (ISBN 978-88-6711-039-1)

Fragma (1978-1983) / di Sergio Failla (ISBN 978-88-6711-093-3)

Raccolta differenziata n°5 : poesie 2016-2018 / di Victor Kusak (ISBN 978-88-6711-149-7)

Sonetti / di William Shakespeare ; tradotti in siciliano da Prospero Trigona (ISBN 978-88-6711-203)

Parole in versi / Adele Fossati (ISBN 978-88-6711-212)

Libri fotografici:

I ragni di Praha / di Sergio Failla (ISBN 978-88-6711-049-0)

Transiti / di Victor Kusak (ISBN 978-88-6711-055-1)

Ventimetri / di Victor Kusak (ISBN 978-88-6711-095-7)

Visioni d'Europa / di Benjamin Mino, 3 volumi (ISBN 978-88-6711-143_8)

Cortale, borgo di Calabria / Pasquale Riga (ISBN 978-88-6711-175-6)

Perduti luoghi ritrovati : Poggioreale Antica / di Roberta Giuffrida (ISBN 978-88-6711-191-6)

Edifici di città : Roma 2020-2021 / Pierluigi Moretti (ISBN 978-88-6711-199-2)

Incontri di pietra: Pesaro / di Marco Monari (ISBN 978-88-6711-237-1)

Spazi liminali / di Alessandra Condello (ISBN 978-88-6711-239-5)

Opere di Ferdinando Leonzio:

Una storia socialista : Lentini 1956-2000 / di Ferdinando Leonzio (ISBN 978-88-6711-125-1)

Lentini 1892-1956 : Vicende politiche / di Ferdinando Leonzio (ISBN 978-88-6711-138-1)

Segretari e leader del socialismo italiano / di Ferdinando Leonzio (ISBN 978-88-6711-113-8)

Breve storia della socialdemocrazia slovacca / di Ferdinando Leonzio (ISBN 978-88-6711-115-2)

Donne del socialismo / di Ferdinando Leonzio (ISBN 978-88-6711-117-6)

La diaspora del socialismo italiano / di Ferdinando Leonzio (ISBN 978-88-6711-119-0)

Cento gocce di vita / di Ferdinando Leonzio (ISBN 978-88-6711-121-3)

La diaspora del comunismo italiano / di Ferdinando Leonzio (ISBN 978-88-6711-127-5)

Sei parole sui fumetti / di Ferdinando Leonzio (ISBN 978-88-6711-139-8)

Otello Marilli / di Ferdinando Leonzio (ISBN 978-88-6711-155-8)

La diaspora democristiana / di Ferdinando Leonzio (ISBN 978-88-6711-157-2)

Lentini nell'Italia repubblicana / di Ferdinando Leonzio (ebook ISBN 978-88-6711-161-9, book ISBN 978-88-6711-162-6)

Delfo Castro, il socialdemocratico / Ferdinando Leonzio (ebook ISBN 978-88-6711-169-5, book ISBN 978-88-6711-170-1)

La socialdemocrazia italiana fra scissioni e confluenze (1947-1998) / Ferdinando Leonzio (ebook ISBN 978-88-6711-177-0, book ISBN 978-88-6711-178-7)

Momenti di socialismo / di Ferdinando Leonzio (ebook ISBN 978-88-6711-207-4, book ISBN 978-88-6711-208-1)

L'Italia a fumetti / di Ferdinando Leonzio (ebook ISBN 978-88-6711-221-0, book ISBN 978-88-6711-222-7)

Giovanna : anarchico è il pensiero... / Ferdinando Leonzio (ebook ISBN 978-88-6711-229-6, book ISBN 978-88-6711-230-2)

Donne nel socialismo / di Ferdinando Leonzio (ebook ISBN 978-88-6711-233-3, book ISBN 978-88-6711-234-0)

Tutti gli uomini della DC a Lentini / di Ferdinando Leonzio (ebook ISBN 978-88-6711-243-2, book ISBN 978-88-6711-244-9)

Opere di Piero Buscemi:

Accanto ad un bicchiere di vino : antologia della poesia da Li Po a Rino Gaetano / a cura di Piero Buscemi (ISBN 978-88-6711-107-7, 978-88-6711-108-4)

Celluloide : storie personaggi recensioni e curiosità cinematografiche / a cura di Piero Buscemi (ISBN 978-88-6711-123-7)

L'isola dei cani / di Piero Buscemi (ISBN 978-88-6711-037-7)

Iridea / poesie di Alice Molino, foto di Piero Buscemi (ISBN 978-88-6711-159-6)

Enne / Piero Buscemi (ebook ISBN 978-88-6711-179-4, book ISBN 978-88-6711-180-0)

Querelle / di Piero Buscemi (ebook ISBN 978-88-6711-201-2, book ISBN 978-88-6711-202-9)

Di dritto e di rovescio : L'importanza del raccattapalle ed altre storie / di Piero Buscemi (ebook ISBN 978-88-6711-217-3, book ISBN 978-88-6711-218-0)

Il giudizio dell'acqua / di Piero Buscemi (ebook ISBN 978-88-6711-231-9, book ISBN 978-88-6711-232-6)

Le ombre del mare / di Piero Buscemi (ebook ISBN 978-88-6711-246-3, book ISBN 978-88-6711-245-6)

Parole rubate:

Scritti per Gianni Giuffrida: La nuova gestione unitaria dell'attività ispettiva: L'Ispettorato Nazionale del Lavoro / di Cristina Giuffrida (ISBN 978-88-6711-133-6)

WikiBooks:

La Carta del Carnaro 1920-2020 (ISBN 978-88-6711-183-1)

Webology : le "cose" del Web / a cura di Sergio Failla (ISBN 978-88-6711-185-5)

English books or bilingual:

Perduti luoghi ritrovati : Poggioreale Antica / di Roberta Giuffrida. - english/italiano. - (ISBN 978-88-6711-196-6)

Visioni d'Europa - Europe's visions / di Benjamin Mino, 3 volumi. - english/italiano. - (ISBN 978-88-6711-143_8)

Sonetti / di William Shakespeare ; tradotti in siciliano da Prospero Trigona. - english/sicilianu. - (ISBN 978-88-6711-203)

Querelle / Piero Buscemi ; preface by Vincenzo Tripodo. - english edition. - (ISBN 978-88-6711-209-8, press ISBN 978-88-6711-210-4)

Cataloghi:

ZeroBook: catalogo dei libri e delle idee 2012-...

Catalogo ZeroBook 2007

Catalogo ZeroBook 2006

Riviste e periodici:

Post/teca, antologia del meglio e del peggio del web italiano

ISSN 2282-2437

https://www.girodivite.it/-Post-teca-.html

Girodivite, segnali dalle città invisibili

ISSN 1970-7061

https://www.girodivite.it

il Notar Jacopo : rivista della Bibliotheca

https://https://www.girodivite.it/La-Biblioteca-di-OpenHouse.html

ZeroBook catalogo delle idee e dei libri

bimestrale

https://www.girodivite.it/-ZeroBook-free-catalogo-puoi-.html

www.ingramcontent.com/pod-product-compliance
Lightning Source LLC
LaVergne TN
LVHW050952080826
845145LV00005B/1485